影視世界

蔡瀾選集·陸

www.cosmosbooks.com.hk

書　名　蔡瀾選集•陸——影視世界
作　者　蔡瀾
出　版　天地圖書有限公司
香港皇后大道東109-115號
智群商業中心15字樓（總寫字樓）
電話：25283671傳真：28652609
香港灣仔莊士敦道30號地庫/ 1樓（門市部）
電話：28650708傳真：28611541
印　刷　亨泰印刷有限公司
柴灣利眾街德景工業大廈10字樓
電話：28963687傳真：25581902
發　行　香港聯合書刊物流有限公司
香港新界大埔汀麗路36號中華商務印刷大廈3字樓
電話：21502100傳真：24073062
出版日期　2019年9月初版・香港

ISBN：978-988-8547-25-8

出版説明

蔡瀾先生與「天地」合作多年，從一九八五年出版第一本書《蔡瀾的緣》開始，至今已出版了一百五十多本著作，時間跨度三十多年，可以説蔡生的主要著作都在「天地」。

蔡瀾先生是華人世界少有的「生活大家」，這與他獨特的經歷有關。他祖籍廣東潮陽，新加坡出生，父母均從事文化工作，家庭教育寬鬆，自小我行我素，放蕩不羈。中學時期，逃過學、退過學。由於父親管理電影院，很早與電影結緣，求學時便在報上寫影評，賺取稿費，以供玩樂。也因為這樣，雖然數學不好，卻苦學中英文，從小打下寫作基礎。

上世紀六十年代，遊學日本，攻讀電影，求學期間，已幫「邵氏電影公司」工作。學成後，移居香港，先後任職「邵氏」、「嘉禾」兩大電影公司，監製過多部電影，與眾多港台明星合作，到過世界各地拍片。由於雅好藝術，還在工餘尋訪名師，學習書法、篆刻。

八十年代，開始在香港報刊撰寫專欄，並結集出版成書。豐富的閱歷，天生的愛好，為熱愛生活的蔡瀾遊走於東西文化時，找到自己獨特的視角。他筆下的遊記、美食、人生哲學，以及與文化界師友、影視界明星交往的趣事，都栩栩如生地呈現在讀者面前，成為華人世界不可多得的消閒式精神食糧。世上有錢人多的是，但不一定有蔡生的機緣，可以跑遍世界那麼多地方；世上有閒人多的是，也許去的地方比蔡生多，但不一定有他的見識與體悟。很多人說，看蔡生文章，如與智者相遇、如品陳年老酒，令人回味無窮！

蔡瀾先生的文章，一般先在報刊發表，到有一定數量，才結集成書，因此「天地」出版的蔡生著作，大多不分主題。為方便讀者選閱，我們將近二十年出版的蔡生著作重新編輯設計，分成若干主題，採用精裝形式印行，相信喜歡蔡生作品的朋友，一定樂於收藏。

天地圖書編輯部

二〇一九年

與蔡瀾同行

＊金庸

除了我妻子林樂怡之外，蔡瀾兄是我一生中結伴同遊、行過最長旅途的人。他和我一起去過日本許多次，每一次都去不同的地方，去不同的旅舍食肆；我們結伴共遊歐洲，從整個意大利北部直到巴黎，同遊澳洲、星、馬、泰國之餘，再去北美，從溫哥華到三藩市，再到拉斯維加斯，然後又去日本。我們共同經歷了漫長的旅途，因為我們互相享受作伴的樂趣，一起享受旅途中所遭遇的喜樂或不快。

蔡瀾是一個真正瀟灑的人，率真瀟灑而能以輕鬆活潑的心態對待人生，尤其是對人生中的失落或不愉快遭遇處之泰然，若無其事，不但外表如此，而且是真正的不縈於懷，一笑置之。「置之」不大容易，要加上「一笑」，那是更加不容易了。他不抱怨食物不可口，不抱怨汽車太顛簸，不抱怨女導遊太不美貌。他教我怎樣喝最低劣辛辣的意大利土酒，怎樣在新加坡大排檔中吮吸牛骨髓；我會皺起眉頭，他始終開懷大笑，所以他肯定比我瀟灑得多。

我小時候讀《世說新語》，對於其中所記魏晉名流的瀟灑言行不由得暗暗佩服，後來才感到他們矯揉造作。幾年前用功細讀魏晉正史，方知何曾、王衍、王戎、潘岳等等這大批風流名士、烏衣子弟，其實猥瑣齷齪得很，政治生涯和實際生活之卑鄙下流，與他們的漂亮談吐適成對照。我現在年紀大了，世事經歷多了，各種各樣的人物也見得多了，真的瀟灑，還是硬扮漂亮一見即知。我喜歡和蔡瀾交友交往，不僅僅是由於他學識淵博、多才多藝、對我友誼深厚，更由於他一貫的瀟灑自若。好像令狐沖、段譽、郭靖、喬峰，四個都是好人，然而我更喜歡和令狐沖大哥、段公子做朋友。

蔡瀾見識廣博，懂的很多，人情通達而善於為人着想，琴棋書畫、酒色財氣、吃喝嫖賭、文學電影，甚麼都懂。他不彈古琴、不下圍棋、不作畫、不嫖、不賭，但人生中各種玩意兒都懂其門道，於電影、詩詞、書法、金石、飲食之道，更可說是第一流的通達。他女友不少，但皆接之以禮，不逾友道。男友更多，三教九流，不拘一格。他說黃色笑話更是絕頂卓越，聽來只覺其十分可笑而毫不猥褻，那也是很高明的藝術了。

過去，和他一起相對喝威士忌、抽香煙談天，是生活中一大樂趣。自從我試過心臟病發，香煙不能抽了，烈酒也不能飲了，然而每逢宴席，仍喜歡坐在他旁邊，一來習慣了，二來可以互相悄聲説些席上旁人不中聽的話，共引以為樂，三則可以聞到一些他所吸的香煙餘氣，稍過煙癮。蔡瀾交友雖廣，不識他的人畢竟還是很多，如果讀了我這篇短文心生仰慕，想享受一下聽他談話之樂，未必有機會坐在他身旁飲酒，那麼讀幾本他寫的隨筆，所得也相差無幾。

＊這是金庸先生多年前為蔡瀾著作所寫的序言，從行文中可見兩位文壇健筆相交相知之深，相信亦有助讀者加深對蔡瀾先生的認識，故收錄於此作為《蔡瀾選集》的序言。

目錄

一、談理論

二、談電影及電視

三、談人物

一、談理論

合理

在香港電影的黃金時代，拍甚麼賣甚麼，製作公司就在一塊地上建築起，從攝影棚、沖印室，到印刷海報都集中在一起，變成了一個工廠。

雖然是流水作業，拍出來的也只是一些商業片，但是如果能在那裏工作過，受的基本訓練，是一生難忘，受益一輩子的經驗。

酬勞已不是問題了，我常喜歡舉的一個例子，是當年的搭佈景工人，一天只能賺到三四十塊錢，同行忠告：「外面已經是七八十塊一天了。」

這位仁兄笑嘻嘻地：「但是，你們在外面搭了一年，也是搭一間同樣的建築，我在這裏三百六十五天，天天搭不同的屋子，多有趣。」

工廠式的作業之中，變化還是有的。

其中一個部門，就是剪接了，一個大房間內擺着十幾台的剪接機。在六七十年代，美國和歐洲的剪接師們慣用一種叫 Moviola 的機器，相當落後，有一塊放大鏡來看片子，畫面還是小得可憐。

當年的夢工廠已經購買最新型的西德機器，叫為Steenbeck，像一張桌子，左右放着捲片輪，中間一個銀幕，放映着經過三棱鏡反光的影像來。

另一個讓香港電影人愛用Steenbeck的理由，是當年流行用新藝綜合體Cinemascope拍攝，放映出來的是又闊又長的銀幕，如果用Moviola的話，只可以看到壓縮版本，很不清楚。

把話題拉成太專業，也許讀者不耐煩，還是講點剪接的基本技巧吧。最明顯的例子，就是《戰艦波千金Battleship Potemkin》（1925），在這部蘇聯片中，有軍隊屠殺平民的場面，導演用石階上的三隻石頭獅子來表現群眾的憤怒，第一隻是睡着的，第二隻醒了，第三隻在狂吼，連接在一起，石頭獅子變成活生生的，你說電影剪接的威力多大！

有位電影大師也向學生們說過：「一部片子由許多畫面組成，你們每拍一個，就要想到這個畫面對你講的故事有沒有作用，如果沒有，千萬別拍。」

這和作者寫稿一樣，完成後看了一遍又一遍，每一個多餘的字都要刪去，一篇文章才能簡潔。

當今的電影人更是罪過，不但要剪掉多餘的鏡頭，還要把一場又一場的戲剪走，你看中間的人力物力的損失，有多少呢！

為甚麼有這種壞習慣？都是從前的製作費相對便宜，導演多拍出一兩天戲來，對整個戲的影響並不大，製作人也就允許了；這毛病變本加厲，製作天數越來越多，所拍的戲也要一場場地剪了。

「那麼電影製作最大最成功的荷里活，會不會有同樣的問題呢？」有年輕人問我。

這反而少了，他們那邊都是一群非常專業的人士，預算抓得極緊，他們寧願給高薪職員，也不願意浪費在銀幕看不到的畫面上，在超出一天，就得花一百萬美金的荷里活，預算的超出是天大的罪行。

導演想拍多一天，那麼執行的製片就會問導演：「你在其他場戲中可以減拍一天嗎？」

執行製片有這種權力，因為他是出錢拍戲的老闆派來的，這個人是位精通電影的所有部門，本身也能導，如果導演再不聽話，此君就按劇本把戲拍完，還要掛上導演的名字（合同上已寫明），戲不成功，全歸罪在導演身上。

我們的製作沒有荷里活那麼嚴謹，導演的威信也往往駕馭一切，出錢給導演拍的人是孫子，一點地位也沒有，戲拍了一半，超支了，再不投資的話，之前花的錢就泡湯了，只有硬着頭皮再掏腰包。

並不是不尊重導演，我認為對投資者，也要同樣尊重才行，不能老是當他們為阿斗，找他們當大頭鬼，就得把骨頭吃光不吐出來。

當年夢工廠導演的勢力也大，像李翰祥，像張徹，誰敢得罪？但是片子拍得太長，上映的場數就減少，收回的成本就困難，損失在於投資者。我們在剪接室中看到多餘的戲，就先剪出一個簡潔的版本，是可行的，要不要用，那是投資者和導演的糾紛，也不輪到我們這些專業人士了。

片子拍完再剪，已是遲了，專業人士會在劇本時期，已看出甚麼戲是不必要拍的，導演說你是導演還是我是導演？那麼導演和老闆去爭吧！

好，這場戲大概有多少分鐘，那場戲也要多少分鐘，所有的戲加起來，已是三個小時以上了，請問導演要不要剪呢？或者分成上下集？

分成上下集從來就沒成功過，這荷里活最清楚，製片人會請導演專心拍好一集，然後很聰明地鼓勵導演再拍前傳來賺呀，何樂不為？

在當年的夢工廠，學到的最大財富是節省不需要的浪費，從看劇本到剪接，各方面有商有量，不傷和氣，提出來的問題是合理的，而合理的導演，今後才能生存下來。說到底，沒人出錢，電影是拍不成的。

意見

做了電影監製工作四十年，還不知道走的路線對不對。我生長在一個電影的黃金時代，拍甚麼賺甚麼，所以也沒有預算，總之要把戲拍好。

當今的影壇已沒那麼幸福，要找到人投資，是極不容易的事，但為甚麼你看到一部拍完又一部，還是不斷地有新片出現呢？

要明白的，是電影為一場夢，你想看到的，現實不存在，但戲院裏有。所以我們在兒時，漆黑裏尋到快樂，就會着迷，外國人說，是被菲林蟲咬到了。

馬上上癮，又看到許多愚蠢的劣片，你就會說：怎麼拍得那麼差？我隨便來幾下，就會拍得好過你。這時，你就想當導演，拍部比別人更好的戲給你看看。

這群着迷的人不斷地說服別人給錢他們拍戲，也有些富裕的也蠢蠢欲動，想去投資，所以電影就一部又一部地拍下去；這中間又有一種叫監製的人穿針引線，三個怪物聚在一起，夢就做成了。

當然也有所謂的電影大亨，他們資金雄厚，背後又有銀行，或甚麼基金，一年拍個十幾部，有的賺，有的虧。一直拍下去，直至虧的居多，倒下來為止。

比起荷里活，東方的電影像山寨的膠花廠，因成本較低，可以沒有劇本就開戲，也能夠一面修改一面拍攝，把菲林當成稿紙，不如意的話，扭成一團扔進廢紙簍。

荷里活不行，一天的外景費用就要一兩百萬美金，所以他們非有一個完善的劇本不可，絕對不會允許導演拍得過長，把一整段戲剪掉。

那麼他們拍的都是商業電影嗎？也不是，總有小成本的藝術片出現，但是他們的目的鮮明，知道市場在哪裏，要拍曲高和寡的，也行，但他們不會盲目地、貪心地要求作品賺大錢，又得很多金像獎。

和他們比較起來，我們是一個任性的孩子，浪費大把製作費，片子太長就剪，拍完再說。有的導演簡直愛上他們每個拍過的鏡頭，不肯縮短，結果總鬧出一部戲拍成上下兩集來。而分上下兩集的，失敗作居多。

荷里活戲也有分幾集的，他們拍了前傳，再拍後傳，或者相反，但每一部戲都有一個獨立的故事，絕對不會無頭無尾，不管你怎麼看，都沒有且聽下回分解的。

在電影工廠年代，製作人的權威是高高在上的，像張徹的戲，永遠拍得過長，這麼一來放映的場數就減少，收入也不多了，那怎麼辦？邵逸夫先生一下令就交給剪接師姜興隆和我去處理了。

我們往往會把一些與故事無關重要的戲先整段刪去，如果劇情連接不上了，就請導演拍多一些其他鏡頭來説明。或者，我們會把重複又重複的打鬥場面剪掉，這麼一來，乾淨利落，再把剪好的版本給導演一看，也就沒有反對的聲音了。

剪掉的，都是錢，都是心血，何必那麼浪費呢？與其事後剪掉，我們在看劇本時，已知道這一段是多餘的，這個人物對説故事沒有幫助，在看劇本的階段，已要做好這些工作，但當今有誰會看劇本呢？

把意見説給導演聽，他們都會當你是一個要來搶兒女的歹徒，他們已經進入了沉迷的階段，永不清醒。這時候有權力的投資者，或他們信得過的監製，就應該出聲了，不堅持的話，永遠是浪費。

嚴守住製作成本，是荷里活最大的工作，每場戲要拍幾天，算得好好，一超過了，監製就會要求導演刪掉其他的工作日來補數。東方導演去了荷里活，當然不爽，認為你這麼限制，那怎還有神來之筆？

當監製的人也不是永遠是對的，但他們總是一個旁觀者，很清楚看到整個局面，他們的意見，不應該忽視。所以說監製和導演是一個夫婦檔，應互相扶持。

一生人看過無數劇本，我當今很有把握地告訴人：

第一，你想拍的是甚麼戲？文藝的、只想得獎的，還是想賺錢的，請別混淆。曲高和寡，是寡呀，不應該想豐富的收入。

第二，劇本一場場地研究，這一場想說些甚麼？與前後有沒有呼應？每一場在上映時有多少分鐘？加起來，你的劇本已是四小時了，就應該在劇本中刪減。

第三，故事是否大家都看得懂？你想拍抽象的，沒有人看得明白，只想得獎的，也行，就不必求個盆滿鉢滿。電影還是有基本的，要大家都看得懂。

第四，把製作費放在哪裏？大明星身上當然有保障，未成名演員是種冒險，大家都知道，但你的製作費是多少呢，能賣多少錢才可以賺回成本呢？非事前計算好不可。到最後，還是有一個完整的故事。就算有龐大的製作費，也要先從小拍起，到大為止，一相反，永遠吃力不討好。

第五，這個導演雖有名氣，但得研究他的個性，是不是一個自我滿足，每天在打飛機的？你要花錢讓他去打飛機，也要心甘情願，不可以事後踢自己的屁股。

第六，如果你是想捧紅一個小明星當禁臠的話，別拍電影，買房子買鑽石，會便宜得多。

第七，……

意見沒完沒了，但誰會聽呢？

從電影學會說故事

和寫文章一樣，電影故事可以平鋪直敘，也就是用所謂的起、承、轉、合四個步驟，這是最原始的。年輕人不肯實行，以為老土，但這是牢牢固固的基礎，連這一點也站不穩的話，已經失去說故事的資格。

一部電影的成功與否，完全靠導演和編劇的說故事能力，有些說得吸引人，有些說得難聽死了。至於聽得懂聽不懂，就要看你的觀眾是怎麼一個水準了。

觀眾的欣賞力不同，平鋪直敘最受普羅大眾的歡迎，也最為危險，因為他們一旦認為你是老生常談，通俗得令人生膩，就不會再聽下去。所以說故事的人得尋找變化，用許多方式嘗試，不一定是起、承、轉、合，把這四個次序顛倒也行。任何故事，只有一個結論，那就是好聽，與不好聽，就此而已，真實與否，不是問題。

一部電影，最多讓你有兩至三小時的說故事空間，不像《戰爭與和平》、《約翰·克理斯多夫》洋洋數百萬字說得那麼細膩，但是兩個鐘之內，是有足夠的篇幅去讓你發揮；做不做得到，那要看你的能耐了。先打好基礎再說，最怕有些導演不學無術，連簡單的一段事也說得不清不楚。

「這才叫藝術嘛。」這些人為自己辯護。

也許是吧。故事能通俗，也應有藝術。曲高和寡的話，就要接受這一個「寡」字，一面喊清高，一面埋怨沒觀眾入場，就該打屁股了。

回到基礎，甚麼叫起承轉合呢？舉個例：一個窮困的年輕人在社會中掙扎，這是起；為了富貴榮華他不擇手段，這是承；事業成功了但失掉了愛，這是轉；成為一個孤獨的老人死去，這是合。

也可以由合開始，葬禮中憑弔者欷歔，當做起；怎麼死的呢？因為失去人生意義，當做轉；當中他是怎麼奮鬥的呢？當做承；啊，人年輕時是多麼純真美好，當這個結論做合。

把那個人的戀愛仔細描寫，故事注重在「承」的階段，也是一種手法。

而偵探、懸疑、驚慄片中，都是以「轉」來結尾的。

忽然，電影界出現了一個塔倫天奴，他把所有的次序都搞亂了，觀眾起初莫名其妙看下去，到尾，才知道整個故事，發現戲裏頭的每一個鏡頭都是和劇情有關係。

這就是電影的語言。不能有一句廢話，鏡頭越簡潔越好，拖泥帶水，從盤古初開講起，聽得令人昏昏入睡；但是少了一個鏡頭，和缺乏一句重要的情節一樣，故事就模糊起來，片子一上映，就無可救藥了。

出錢給你拍電影的人，先聽故事，你說得不動聽，拍戲計劃就賣不出去，所以電影工作者必須先要學會說故事。片子拍成，老闆來看，怎麼也看不懂。他們有資格說自己代表觀眾，因為錢是他出的，又是問題。

舊一輩的電影人很幸運，有「補戲」這件事，老闆很肯花錢，少了一段戲，他讓你拍得完善才推出；當今的投資者不懂，上映期又逼近，毛病永遠無法矯正，讓電影人一生後悔自己的過錯。

故事說得不清楚的話，可以用旁白來補救。這不是高招，但也有些人故意用這種手法來講歷史性的故事。倒述 Flash Back 也是慣用，有些導演還怕不夠，把倒述用黑白片來交代，實屬多餘，觀眾不會笨到看不出來。

一個說故事的高手，必須胸有成竹，把情節在心中說了又說，練習到完善為止。就像一個導演應該把所有的鏡頭都形象化了，按部就班去拍。

但是製作嚴謹的荷里活為甚麼還生產出那麼多爛片？多數是有些導演先把一場戲拍得很精彩，放映給投資者看了，大家滿意就不去管他，結果這個人亂改一通，好好一個故事也給他破壞掉。

但把整個故事其中一段說得出色的話，也是成立的。這種人只求細節，把那段戲擴大為整部電影，成為描寫人物為主。只要觀眾愛上戲裏的主角，對發生在他身上的一切都感興趣，就不需要起承轉合來說故事。

小說用文字來講，電影以鏡頭交代，並非鏡頭越多越有震撼力，主要還是節奏是否流暢。

西部片中常見的決鬥，用一個鏡頭直落，看誰的槍拔得最快，就平平無奇；先拍英雄走近歹徒，歹徒反應，英雄雙眼露出決定性的光芒，看到他的手移動，拔出槍，一按掣，彈膛轉動，撞針碰到子彈，砰的一聲，火花發出，敵人驚愕，中槍。

這一下子就是十幾二十個鏡頭。但也有黑澤明的說故事方法，他認為高手過招，你是看不到的。

肅殺秋風中，雙雄對立，瞬眼間英雄拔刀，只見敵方胸膛裂開，撲得一聲，血像噴泉般射出，反派倒地，英雄哼着歌揚長而去。

旁觀者看得目瞪口呆，觀眾也是目瞪口呆。

氣氛、形象、效果、音樂齊全，不必對白。只要多看好電影，就學會說故事了。

從電影到文學

「這部電影拍出來的東西，根本和書不一樣嘛。」

是的，你可以那樣批評，一點也沒錯，任何人看過一本小說，男女主角的印象已經固有，一出現在銀幕，和你想像的不同，已是缺點。

有許多電影的確把原著糟蹋了，那是因為編劇、導演和監製不是高手。但我們不能不承認，電影也介紹了無數的作家，讓觀眾打開一個文學的世界。

小孩子看了《Treasure Island》（1934）（1950）而認識史蒂文生（Robert Louis Stevenson），開始看他其他的小說，像《Strange Case of Dr. Jekyll & Mr. Hyde》等。

看了一部福爾摩斯的電影，追索柯南道爾（Arthur Conan Doyle）的一連串偵探小說。後來發現他也寫科幻，《The Lost World》也是他的作品。

偵探小說的興趣，帶你看克麗絲汀（Agatha Christie）的書，知道倫敦在哪裏之後，怎能拒絕所有的狄更斯小說呢？由高手大衞．連（David Lean）導演的《孤星血淚》Great Expectations（1946），把文學和電影合一，又有誰抱怨戲拍得不好？

打開了英國的文壇，少男看王爾德（Oscar Wilde）的《An Ideal Husband》、《Picture of Dorian Grey》等，少女看奧絲汀（Jane Austen）的《Pride and Prejudice》、《Sense and Sensibility》等。又誰會錯過Emily Bronte的文學巨著《咆哮山莊》Wuthering Heights》呢？改編成電影時，把英國風景拍得那麼美，加上傑出的英國演員演出，強烈的英國味，令人嘆為觀止。更深一點，就挖到了所有的莎士比亞劇本，拿來和改編的電影比較。

在大衞．連的介紹下，我們認識了《Lawrence of Arabla》（1962）裏羅倫斯（T. H. Lawrence）這個人，回去看他的著作《The Seven Pillars of Wisdom》。這不能與另一個羅倫斯D. H. Lawrence混淆。但他的《查泰萊夫人的情人》（1955）（1981）改編成電影兩次，在性開放的今天，還是拍不到當年驚世駭俗的震撼，實在可惜。

後來，大衞．連又推薦了E. M. Forster，拍了他的作品《A Passage to India》（1984），作者的文字異常優美，讀了如癡如醉，激發起其他導演拍他的《A Room with a View》（1985）和《Howards End》（1992）等片子。

因為安東尼·鶴金斯（Anthony Hopkins）在《Howards End》的精湛演技，令《The Remains of The Day》（1993）拍得成，我們才知道這部英國味十足的原著，原來是由一個日本作家 Kazuo Ishiguro 寫的。

精通了外國語文，寫出來的東西不管是甚麼國籍的人都好看；精通了電影的手法，任何地方的人都能拍出其他國家的神髓。明顯的例子當然是李安的《理智與感情》（1995）。荷里活對拍異國文學很拿手，大衞·連的《Doctor Zhivago》（1965）選了俄國的 Pasternak 作品。遠在一九五八年，也有俄國作家 Dostoyevsky 的《Brothers Karamazov》的出現。更遠的《All Quite on the Western Front》拍於一九三〇年，用德國雷馬克 Remarque 的原著。

但是荷里活不能忘本，電影人當然要拍他們認為最偉大的美國作家海明威 Hemingway 作品，像《A Farewell to Arms》（1933）（1957）拍了兩次。《For Whom the Bell Tolls》拍於一九四三年、《The Old Man and the Sea》拍於一九五八年。

同期的費滋哲羅（Fitzgerald）的《The Great Gatsby》（1949）（1974）也拍了兩次。

早期的史丹貝克（Steinbeck）有《The Grapes of Wealth》（1940），作者的另一作品《East of Eden》（1955）更令男主角成為不朽之星，小說中的人物絕對沒占士甸憂鬱的神韻。

更早的文壇巨子還有Herman Melville的《Moby Dick》（1956）和幽默大師的馬克·吐溫（Mark Twain）。他的兩部作品《The Adventures of Tom Sawyer》（1938）和《The Adventure of Huckleberry Finn》（1960）荷里活不會錯過。

小說一上暢銷榜，就改編電影，最多產的作家是史蒂文·金（Stephen King），他的處女作《Carrie》（1976），小說和電影都是賣得滿堂紅，雖然文學批評家不當他是一會事兒，但是經過大師史丹利·寇比力克（Stanley Kurbrick）一揮，《The Shining》（1980）變成經典，由其他人導演的《The Green Mile》（1999）也不得不讓所有的影評家折服。

哥普拉（Francis Ford Coppola）一向被認為是高手，《The Godfather》（1972）的第一二集都拍得好，但到了第三集就尷尬不堪。原著者怪導演，導演罵原著，誰是誰非？不過哥普拉的確是一個能夠化腐朽為神奇的導演，將Anne Rice的《Interview with the Vampire》（1994）拍得精彩，作者的其他作品落在別人手上就不堪入目。

最幸運的作家該是Philip K.Dick，他的三文錢小說《Do Androids Dream of Electric Sheep?》被改編成《Blade Runner》（1982）後，其他書相繼拍成科幻片，但都是當他死後的事。作為一個作家，能夠留名，也屬幸福了吧？

痛恨看不懂原著嗎？那麼學英文吧！Longman出版社有一系列的簡化本，一定能讓初學者建立看書的基本。許多令兒童有興趣的著作，像《三劍客》、《環遊世界八十日》、《基度山恩仇記》、《宇宙大戰》等，拍成電影的書，都可以從簡易版讀到。底子打好之後，再讀原著版好了。套一句老話：世間無難事，只怕有心人。而啟發你有心的，就是電影。

影評基礎

小朋友看到有招收學寫影評的廣告，問我的看法，我從十四五歲開始寫影評賺零用錢，有點心得，回答如次：

問：「你一直強調基礎，寫影評的基礎是甚麼？」

答：「像一個小說家一樣，要寫小說，就得多看小說；先多看電影，多看別人的影評，越多知識越豐富，這就是基礎。」

問：「你是怎麼打好基礎的？」

答：「從小愛看電影，對國產片那些一張口就唱歌的感覺不滿，喜歡起外國片來，但唸的是華文學校，英語不通，常要問姐姐，覺得不好意思，就苦讀起英文來。」

問：「懂得英文，就不必看字幕了？」

答：「到底不是我們的第一語言，還得靠字幕了解更多，當今 DVD 有了中英文字幕，就看英文的了，這麼一看，能看懂八九成。」

問：「看完了戲，接下來做甚麼功夫？」

答：「年輕時，把所有導演的名字筆記下來，然後研究攝影、監製、美指等。做成一個資料庫，就能拿出來比較和討論。當今更方便了，上 Wikipedia 一查，甚麼都有。」

問：「有關於寫影評的書嗎？」

答：「中文的不多，外國的買不完。」

問：「怎麼查？」

答：「上 Wikipedia，打入 National Society of Film Critics 就能找到很多。」

問：「哪一本是最好的？」

答：「全得看，看完選一個對你胃口的影評家，所謂對你胃口，就是你覺得他的評論和你的意見一致，很容易地看得下去的。」

問：「你自己呢？」

答：「深奧一點的，我會看 James agee。Richard corliss 很信得過，Roger ebert 當然好。很多導演也是影評家出身，像法國的杜魯福、高達等。從小説家變影評家的有英國的 Graham greene。有些影評人還有 APP，隨時在手機上翻閱，像 Leonard maltin's movie guide，都能免費下載。」

問：「中文的呢？」

答：「以前有一位很中肯的，叫石琪，一直在《明報》寫，可惜當今已不下筆了。」

問：「他有書嗎？」

答：「有，次文化出版社的《石琪影話集》。」

問：「一篇好的影評，內容應該具備些甚麼？」

答：「基本上是先說這部電影講的是甚麼，但絕對不可全盤透露，這是死罪。然後批評演員，接下來談論導演手法，最後是攝影、燈光、美指、服裝、道具、配樂、效果等等，也不能忘記監製。」

問：「嘩，考慮到那麼多，像我這些初入行的怎麼寫？」

答：「一樣一樣來，能觀察到甚麼寫甚麼。」

問：「為甚麼有些影評每一個字都認識，但看不懂呢？」

答：「往好處想，是你還不夠程度欣賞；往壞處想，是這些所謂的影評家為了標新立異，故作玄虛。」

問：「但是不少電影，本身也就看不懂。」

答：「這也是層次問題，《二〇〇一年太空漫遊》，很多人第一次看都看不懂，後來每看一次，就看懂了多一些，像一曲交響樂，要聽多次才聽得出所有樂器的演奏。不過也有些亂來的，早在六十年代就有所謂的『前衞電影』，只是導演的手淫，不管觀眾，這種手法一下子被淘汰。法國七十年代新浪潮又出現了意識流，也曇花一現；這些故技在九十年代末重現，很多影評人都沒看過新浪潮，驚為天人，這也是被懂得的人貽笑大方的。」

問：「你不贊成標新立異，語不驚人死不休嗎？」

答：「都很短命。」

問：「為甚麼有些影評人亂吹捧一些作品？」

答：「影評人會發現一些不為人知的作品，這是他們的功勞，但有時也走錯路，像法國的名影評人就把謝利．路易捧上天去。事實上，這位諧星怎麼看也不是甚麼天才，平庸得緊。」

問：「能不能舉一個影評人『發掘』良好作品的例子？」

答：「可以，像《黃土地》這部片子，最初沒人注意，差點被埋沒，還是香港的影評人經千辛萬苦去找來在香港影展上映的，不能不記一功。」

問：「有沒有信得過的報紙或雜誌的影評？」

答：「《時代周刊》、《紐約時報》都很優秀，英國的《Sight & Sound》永遠值得看。懂得多幾種外語的話，法國的《Cahier du Cinema》和日本的《Kinema旬報》都是佼佼者。」

問：「怎麼判斷自己寫的影評好不好？」

答：「知道多少寫多少，不受旁人讚許或劣評影響，保持自己主張的，都是好影評。不懂裝懂、隨波逐流、為賺稿費或拿人家宣傳費的，都是壞影評。壞影評就算不被人家指出，在夜闌人靜時，撫心自問，影評人會慚愧得抬不起頭來，要是還有幾分良知的話。」

恐怖片

恐怖片 Horror Movies 和驚慄片 Thri llers 與懸疑緊張電影 Suspend Films 不同等級，不應該一概而論。

多年前，以大富翁為藍本，設計出一種叫電影製作人 Moviemakers 的遊戲，配合了大明星、好導演加高成本的叫大片：Blockbuster 而用不知名的演員，剛出道的演員，以低廉的製作費拍的，就歸納到恐怖片去，有廣東人所說的刀仔鋸大樹，便宜但賣座的意思。

這類片子也有以下的定義：講鬼、妖魔、怪獸、噩夢、低趣味的驚嚇、令人噁心和討厭、詛咒、拷問、撒旦、吸血鬼、人狼、喪屍、吃人魔等等，都歸納在恐怖片之中。

而沒有令人喪膽的畫面，只用心理恐慌來敍述故事，像希治閣一系列的電影，則屬於懸疑電影，較為高級，製作成本也相對地大出許多。

在港產片最興盛的七八十年代，各類電影百花齊放，但拍得最多也就是這些所謂「鬼片」小成本戲，一賺到錢就可以花多一點。其中也有很優秀的傑作，像洪金寶導演的《殭屍先生》，其他的多數不值一提。

至於外國的恐怖片，最早已有法國的 Georges Melies 拍的《The House Of The Devil》（1898），但能成為經典的，則要到一九二〇年拍的《The Cabinet Of Dr. Caligari》，戲中利用扭曲了的直線畫面，來形容人物的心理變態，在當年來說是創新和大膽的。

另一部是 F. W. Muman 導演的《Nosferatu》（1922），以光與影來描述恐怖，是吸血殭屍的鼻祖，但當年拍攝時，並沒有成為經典的企圖，只是導演的手法意境較高而已。

一般的恐怖片，大多數以低俗的驚慄來取勝，環球電影公司拍了《Dracula》（1931）之後賺大錢，接着以《Frankenstein》（1931）出擊，低成本的恐怖片變成這家片廠的標誌，樂此不疲，也把男主角 Lon Chaney 捧成巨星，另兩個專門演恐怖片的 Boris Karloff 和 Bela Lugosi 也紅個半邊天。但我們不可忘記當年的特技化妝師 Jack Pierce 的功勞，許多造型都是由他創作的。

這些片子不是當今觀眾熟悉的，但可以從DVD找來參考，凡是對電影創作有興趣的年輕人，都應該把這些經典看過數次，就像文人讀古書一樣。

老一輩的電影觀眾，也許會記得在五十年代尾六十年代初的英國威馬公司Hammer Films的恐怖片，他們拍了《The Curse Of Frankenstein》（1957）、《Dracula》（1958）、《The Mummy》（1959）都賣個滿堂紅，當年看了都把觀眾嚇個半死。而且威馬發現了另一個成功的因素，那就是那些酥胸半露的受害人，原來恐怖加上色情，是配合得那麼天衣無縫的！

這些片子也造就了另一批恐怖明星，演殭屍的Christopher Lee和專門抓殭屍的范希星教授Peter Cushing。後來恐怖片沒落，他們希望用殭屍和功夫結合，在一九七四年來了香港，和邵氏合作了一部叫《The Legend Of The Seven Golden Vampires》的，姜大衞和恬妮也參加了，不過成績不佳，沒有令到威馬起死回生。有趣的一件事，是彼特古臣本人和戲中的教授一樣，是位溫文爾雅的君子。

到了六十年代尾，一部很重要的恐怖片出現，George A. Romero導演的《Night Of The Living Dead》（1968）才花了十一萬四千美金去拍，在美國的收入是一千兩百萬，全世界的賣埠竟達三千萬美金。片子還成為影評人的寵兒，另類電影Cult

Movies 迷的神殿，電影史上的經典恐怖片，影響到今天還在拍的喪屍片。

這一來，荷里活可不能再小看這種 B 級製作了，大導演波蘭斯基拍了《Rosemary's Baby》（1968）。在一九七三年，更花大成本製作《The Exocist》，更將恐怖片推上歷史性的高峰，那小女孩的頭作一百八十度的旋轉，嚇破人膽。其中由史蒂芬．金原作改編的《Carrie》（1976）還得到最佳影片的提名呢。

但是恐怖片始終保存着刀仔鋸大樹的精神，低成本的氾濫於世，像《The Texas Chainsaw Massacre》（1974），完全是以驚嚇和暴力來賣錢，從頭到尾就是追殺了又追殺，《Holloween》（1978）又是另一部。

佼佼者還有 Wes Crawen《A Nightmare On Elm Street》（1964），此君後來成為恐怖片大導演，除了自己拍，還經手監製別人的作品。

《Friday The 13th》和《Scream》等，也都是一系列地續集拍了又續集，還有一部叫《Saw》也是，經典恐怖片，又被重拍了又重拍。

又有藝術性又賣座又是經典的完美恐怖片，至今難忘的還有波蘭斯基導演的《The Fearless Vampire Killers》（1967），笑死人又嚇死人。哥普拉的《Interview With The Vampire》（1985）是美死人嚇死人。我們也不得不提日本片《午夜凶鈴》

（2002）。

不過以我本人的喜愛，最終極的恐怖片是史丹利．寇比力克導演的《閃靈 The Shining》（1980），單單看預告片，鏡頭留在一扇電梯門上，久久未有動靜，忽然門打開，充滿畫面的血液向着觀眾噴出來。這是恐怖片中經典的經典，不可錯過。

喪屍片

多年前，嘉禾拍了一部很出色的電影，叫《殭屍先生》，令這一類的恐佈片風魔一時；流行到日本，捲起了殭屍熱潮，小孩子們把一條黃色的紙貼在臉上，學殭屍大跳特跳，好玩得很。

歐美也有殭屍片，多數以吸血的特拉袞拉伯爵為男主角，被他的尖牙一咬，其他人也變成了殭屍。至於人狼片和木乃伊殭屍片，就遜色得多了。

第三類的，外國人稱之為 Zombie 戲。Zombie 這個名詞來自海地及若干南美洲的巫術，他們崇拜蛇神，有死屍復活的神力。

首部將 Zombie 發揚光大的是在一九六八年的一部叫《Night of the Living Dead》的 B 級片，由 George Romero 導演。片子以小成本製作，大賣特賣，不止票房成功，也變成了恐佈片的經典，每一個電影學生非學習不可的課本。

戲裏，活着的死者見人就咬，被咬的即刻變成活死人，越咬越多，整個世界都是，問你怕不怕？

香港對此類電影不知怎麼叫法，它們都是時裝片，叫殭屍好像有點過時，以求分別，結果稱之「喪屍」。

喪屍片的流行一發不可收拾，單單是二○○七年一年，就有《Planet Terror, Resident Evil: Extinction, 28》、《Weeks Later》及《Iam Legend》數部；成本也已不限於小製作，大導演也參加一份，喪屍片今後也會不斷地紛紛出爐。

到底為甚麼那麼吸引觀眾？

喪屍片的官能刺激，永遠引得觀眾尖叫。出現的喪屍不並一個，是無數的，你身邊周圈的，都是喪屍，而殺死喪屍是合法的，為了保護自己嘛，拿鳥槍對準喪屍，轟的一聲，對方頭顱裂開，腦漿橫溢，再也沒有比它更過癮的了。再下來是機關槍掃射，有時還把手榴彈扔出去，炸得喪屍碎骨飛揚。

荷里活就是那麼一個地方，低成本戲一有錢賺，就拼命添注碼，結果那部《I am Legend》動用了黑人巨星 Will Smith，也以大片型格製作，賣個滿缽。

就連金像獎影后妮歌．潔曼和新的○○七鐵金剛也被利誘，拍了一部叫《The Invasion》的，此片的喪屍和普通人一樣，不必化妝，省錢省力。

喪屍片好看嗎？低成本的才好看，血腥暴力的才好看，越低俗越好看。佼佼者是Robert Rodriguez，在他那部新片裏，女主角的腿被喪屍咬斷，男主角為她裝上一支機關槍，大掃特掃，荒唐到極點，但的確很好看。

Robert Rodriguez還導演過一部最出色的喪屍片，叫《From Dust Till Dawn》，講述兩個綁匪混進了一間墨西哥的小餐館，原來裏面的都是喪屍，互相大殺特殺，刺激到極點，演員中有紅得發紫的George Clooney、性格巨星Harvey Keitel、美女Salma Hayek，連大導演Quentin Tarantino也扮喪屍，大家玩得不亦樂乎。

花錢正經拍了，就不行。連老祖宗的George Romero，製片家給了他一千六百萬美金去拍《Land of the Dead》，就變成循規蹈矩了。他最近回去拍小資本，以四百萬美金拍《Diary of the Dead》，拭目以待。

喪屍片有一個共同點，那就是怪物都腐腐爛爛，逃亡中的男女主角也都骯骯髒髒，而且在不斷地追逐之中，失去了愛情線，沒有愛情線的電影，都不耐看。

不像殭屍片，吸血者總是穿着一套套的晚禮服，被他選中的女人也都漂亮，而且非常性感。那兩隻尖牙咬下去的一刻，等於是一場美麗的性愛場面。女人們被咬後，一次又一次地期待殭屍的親澤，到底有點浪漫的。經高手來拍，像 Neil Jordanha 的《Interview with the Vampire》和《Francis Ford Coppola》的《Bram Stoker's Dracula》，就拍得可歌可泣，像一部長篇的詩歌。

文革年代，我的一個親戚從大陸來港，一家四口寄居我家，生活費用和一切當然由我負擔，後來他們去做小生意，也由我出本錢。漸有成績，要去鄉下開一家蠟燭廠，亦是我出資的，做得很成功。

結果你也想到，是被出賣了。

後來，又有多些此類案子，連一些要我吹捧的所謂陶藝家，到最後也是過河拆橋。

日前陪新加坡友人到畫廊，他看到一幅大型的畫，嚇呆了，原來他出了巨款買下的那一幅，畫家答應過是獨一無二的，竟然和在香港看到的一模一樣。

和許多傷痕作品中。提到兒女出賣父母的故事比起來，上述的小騙局算是不太悲慘，當今看最恐怖的喪屍片，也無動於衷了。

戰爭片

從小喜歡閱讀希臘神話，對「特洛伊 Troy」這個名城很熟悉，主要是有個叫海倫的美女。

有多漂亮呢？一張臉，就可以令到一千艘戰艦下航。特洛伊的王子巴黎見到希臘諸侯的老婆海倫，即愛上，與她私奔，引起一場大戰，希臘軍乘了一千艘船來到特洛伊包圍城堡。

打了十年還是打不下，最後希臘人放棄，留下一匹數十呎高的巨馬，木頭搭的。特洛伊人以為這是希臘軍對他們的歉意，把馬拉入城，當晚大事慶祝，不醉無歸。

藏在木馬中的軍人半夜爬出來，打開城門，讓躲在外面的希臘軍進來，將所有的特洛伊人都殺死，所以這個故事有時也叫《木馬屠城記》，但起因還是海倫。

荷里活第一次把它改編成電影，是在一九五五年，戲名叫《Helen of Troy》，也是海倫為主，當年選了意大利明星 Rossana Podesta，並非那麼艷美，勝在有挺直的鼻子，和希臘石像中的女人一樣，不能引來一千艘船，也至少一百艘吧。

二〇〇四年重拍的，戲名叫《Troy》，不和海倫玩了，主角標榜荷里活當紅的 Brad pitt，和在《魔戒》中演神箭手的美男子 Orlando Bloom。

這是德國人進軍世界市場的夢想，製作費無限地投入，有了那兩個巨星為票房保證，海倫一角，可以選自己人再演了吧？

由一個叫 Diane Kruger 的擔任，這海倫別說一千艘戰艦，舢板一條也不值得犧牲，醜得要命。

雖把海倫的名字從名片取走，但故事骨架尚在，到底是為了一個美女而開戰的呀，那麼一個醜婦，說甚麼，也說服不了觀眾！

惟有把故事中心，從海倫和巴黎，移動到 Brao Pitt 演的戰士 Achelles 身上，放棄了愛上有夫之婦的淒美情節，加了另一段愛情為主線：戰士愛上特洛伊的女祭師。問題是，那個女祭師也不是由甚麼巨星來演，又是一個女豬八戒。

人醜，化妝得更醜，她是被希臘軍抓去的，受了傷，鼻樑一道疤痕。荷里活片中，英雄美人一受傷，下兩個鏡頭傷痕越來越少，後來就不見了。但這部德國人投資的片子，那個女祭師鼻樑疤痕，到最後還是那麼明顯，求真實感嗎？笨蛋。

導演 Wolfgang Petersen 也是德國人，凡是名叫為狼黨 Wolfgang，或以野豹 Kruger 為姓的，也只有德國人，一看就知道。

Petersen 來頭不小，在德國拍了一部潛水艇電影，得到外國片奧斯卡後就進軍荷里活，拍了不少童話片，像《The Neverending Story》等，應該很有本領才是，為甚麼弄得那麼尷尬呢？

用本國女主角，為德國爭光呀！這是光明正大的理由。說實話，德國女人也有漂亮的，不過輪廓硬朗的較多。千挑萬選中，也可以找到一個美好的，為甚麼一定要由這兩名醜婦演出呢？

雖然沒有證實過，但最明顯的答案莫過於性關係，一個是導演的情婦，另一個是監製的吧？

所有的電影，一有了這種工作之外的交往，戲就壞了；德國的洛比桑拼命去捧女朋友來演聖女貞德而失敗，就是一個例子。

不要緊，不要緊。我們還可以靠荷里活巨星 Brad Pitt 來吃糊。戲中角色，厭倦為他人作戰而想還鄉，留下攻城並非為了那個女祭司，而是姪兒為他而死。

既然那麼強烈的兩個男人關係，應該把這個角色寫成同性戀才是。像另一部古裝戰爭片《亞歷山大》一樣，把主角變成一個雙性戀者。也許是德國人個性都很剛強，不容許這個想法吧？另一方面，Orlando Bloom 演的王子巴黎，還是那麼俊俏，寫成個性軟弱，雖然不討觀眾歡心。但是如果是他被擄走，傾出一千艘艦去救，反而有說服力。

這部戲的特技倒是一流的，千軍萬馬，完全由電腦動畫製作。史畢堡已經說過，你能想出甚麼畫面，特技就可以幫你做到，畫一千艘船絕對沒問題。

問題出在我們不是歷史考據專家，特洛伊人穿的是甚麼軍服，希臘人的戰袍又是如何？我們矇查查，在大戰中誰殺誰，根本就分不出來。

聰明的喬治·路卡斯，在《星球大戰》裏，還是用最老土的黑白來辨別，絕不混亂。

香港導演犯此毛病的更多，歹徒戴頭套，飛虎隊也戴頭套；便衣警員穿牛仔褲，黑社會也穿牛仔褲。甚麼人去殺甚麼人？觀眾一頭霧水。中間還穿插了臥底人物呢，更糊塗。

差不多所有的戰爭片，都看不到「陣」，此片有盾牌的陣，和火球的陣，但比起《三國》中描述的變陣，簡直是大巫見小巫。

荷里活片中，看到變陣的，只有史丹利．寇力比克的《Spartacus》，可以參照。

今後我們拍古裝戰爭片，題材可多，但最低要求，也要盔甲分明。國際觀眾絕對不知劉備穿甚麼，曹操穿甚麼的。

科幻電影

首先，我們應該把「科幻電影」和「特技電影」分開來談。有甚麼分別呢？前者探討未來的太空旅行、機器人、外星人和人類生存的預言；後者較為天馬行空，任何題材皆行，只靠特技取勝，沒有前者的深奧和憂鬱。

代表前者的史丹利．寇比力克的《二〇〇一．太空漫遊 2001 Space Odyssey》（1968），在電腦動畫還沒有成熟的當年，已能用電影最基本的技巧，拍出令人驚訝的畫面，鏡頭永遠是那麼長，讓觀眾慢慢看，怎麼觀察，也找不出任何漏洞。

反觀當今的特技電影，像最新的《變形金剛第三集 Transformers 3》（2011），用短得不能再短的鏡頭來遮醜，就知二者的分別了。

怪不得史匹堡和盧卡斯等大師，都要向史丹利．寇比力克致敬，稱此片為「母親」，所有的科幻電影都是她的兒子。

大兒子應該是《第三類接觸 Close Encounters of the Third Kind》（1977），

製作費浩大，態度認真，連法國大導演杜魯福也請來演一角；外星人的太空站出現時，的確嘆為觀止，但到底少了一份詩意。

小兒子是列利．史葛特 Ridley Scott 導演的《Blade Runner》（1982），比較成材，拍出了科幻片中的機器人，和它的殺手，格調很高，又承繼了偵探片陰森森的傳統，是非常傑出的作品。

至於盧卡斯的《星球大戰》系列，也只是屬於特技電影，不能歸納在科幻電影之中，這包括了占士．金馬倫的《阿凡達 Avatar》（2009）。

母親的祖先，是 Georges Melies 的《Le Voyage Dans La Lune》（1902），黑白默片的畫面，出現了人類把一顆大炮的子彈，打到帶有表情的月亮臉上。還有《大都會 Metropolis》（1927）的女機器人，至今還是復活着的經典。

從三十年代到五十年代，拍了不少低成本的科幻片子，像《Things To Come》（1936）、《The Day The Earth Stood Still》、《The War of The World》（1951）等等，其中佼佼者是為《On The Beach》（1959），探討原爆問題，是大導演 Stanley Kramer 的作品。

至於《金剛 King Kong》（1933）、《隱身怪人 The Invisible Man》（1933）、

《海底兩萬里 20,000 Leagues Under The Sea》（1954）和 Ray Harryhausen 的一系列冒險片，都是屬於特技電影而已。

但是同期拍的《Forbidden Planet》（1956）、《Invasion of The Body Snatchers》（1956）、《Them》（1954），雖都是 B 級片，皆可掛進科幻電影的經典之中，這也許是影評人的偏見。

與《二〇〇一》同年代出現的，有《人猿世界 Planet of The Apes》（1968），此片有數部續集，當今又有人翻拍，是個好題材，但注重的只是怪異，不如杜魯福拍的《華氏 451 Fahrenheit 451》（1966）那麼意義深長，昇華為科幻電影的典範。

沒有特技，又是小成本的《Soylent Green》（1973），描寫未來世界中，食物短缺，老人被送進工廠，一面看着美好的一切，一面讓他們安樂死，當成糧食。拍得非常之震撼，是科幻片中不可錯過的一部作品。

很少人提及的，是一部由印度大導演 Satyajit Ray 在六十年代拍的《The Alien》，講一個小孩和一個外星人的友情，史匹堡的《E.T.》（1982），也許是受到他的影響。

很多科幻片，都是改編自小說，由法國作家 Jules Verne，到英國的 Arthur C.

Clarke；H. GWells 到 Isaac Asimov，當然也少不了 Ray Bradbury，但是改編得最多的是美國的 Philip K. Dick，自從他的《Blade Runner》成為經典之後，接着有《Total Recall》（1990）、《Impostor》（2001）、《Minority Report》（2002）、《Paycheck》（2003）、《A Scanner Darkly》（2006）、《Next》（2007）、《The Adjustment Bureau》（2011），非封他為科幻小說之王不可。

東方似乎沒有甚麼突出的科幻電影，小說家如倪匡，也不承認自己的作品和科幻搭上甚麼關係，他說他寫的只是一些以外星人為題材的小說而已。

當今的荷里活也拍不出甚麼科幻片，極其量不過是特技電影，像《魔戒》、《哈利波特》和一系列的海盜片。

「母親」的《二〇〇一．太空漫遊》至今已有四十三年了，無人超越。看到這一群不成材的子孫們，不知會不會在墓中搖頭？

職業殺手電影

職業殺手，永遠是一個浪漫的人物，有拍不完的電影。當中佼佼者只有兩部：亞倫狄龍主演的《獨行殺手》（Le Samourai）（1967）和 Luc Besson 導演的《這個殺手不太冷》（Leon: The Professional）（1994），是不朽的經典。

Luc Besson 對殺手片樂此不疲，之前已拍過很出色的女殺手電影《La Femme Nikita》（1990），成績斐然，後來抄足的荷里活片，由 Bidget Fonda 代替 Anne Parlland 主演《Point of no Return》（1993），一塌糊塗。不導演了，Besson 也監督了多部殺手戲，由李連杰主演，也很好看。

幾乎所有美國大明星都演過殺手，Tom Cruise 的《Collateral》（2004）。連最不像殺手的 Tom Hanks 也拍了《Road to Perdition》（2002），職業殺手為主題的劇本，吸引好演員的興趣。

知識分子的 Matt Damon 一連串拍了三部，通稱為《Bourne Trilogy》，因為角色有說服力，動作又真實又乾淨利落，影評和票房都叫好。

西部片中，所有的「邊界獵人」（Bounty Hunter）都歸於殺手電影類，突出的不多，留下印象的只有奇連．伊士活的馬可羅尼西部片，其實，殺手一轉身，就變成了警長，這時他是合法殺人，這位仁兄演的「Dirty Harry」一系列令人難忘。

皇家御准的殺手當然是〇〇七片集，但都不應該歸入職業殺手電影，也毫無浪漫可言。

職業殺手的橋段走不出幾個框框：一、目標順利完成，直到發誓不碰感情的他或她愛上一個人；二、被自己的僱主或上司出賣；三、接班人認為自己比師傅還要出色；四、選擇武器時遇到的紕漏；五、最終以死為結局。

是的，職業殺手一向是個悲劇人物，觀眾才會同情，不管他是怎麼一個殺人不眨眼的魔頭，我們始終要愛上他或她，才能成功。

聰明的導演 Robert Rodriguez 看準了這一點，義無反顧，殺個痛快，結果還是讓殺手逍遙法外，他的殺手電影最為過癮，代表作有 Antonio Banderas 主演的《Desperado》（1995），更進一步，又拍了《Once upon a time in Mexico》（2003），連 Johnny Depp 也參加一份當職業殺手。

人人都可以成為殺手，並不一定是職業，那是當你遇到了喪屍 Zombie。Rodriguez 也拍了多部，其中之一的《From Dusk till Dawn》（1996）也得到好演員如 Havey Keitel、George Clooney 加入行列，還有寫劇本的導演 Quentin Tarantino 客串。

說到 Tarantino，當然不可忘記他的《Kill Bill》（2003）一和二集，但並非性別歧視，女殺手的說服力是不及男殺手的，就算 Angelina Jolie 主演的《Salt》（2010）也不是太好看，她和 Brad Pitt 主演的《Mr. & Mrs. Smith》（2005），是一部夫婦家庭喜劇，多過殺手電影。

不過 Mila Jovovich 殺戮喪屍的《Resident Evil》（2002）有遊戲機的快感，一集拍了又一集，是個例外。

當職業殺手是一個真正不值得同情的壞蛋，就能令觀眾驚心動魄了，像 Javier Bardem 演的 Antun Chigurh 這個人物，在《No Country For Old Men》（2007）出現時，看到了就不寒而慄，他用的武器也非常奇特，不限於刀槍，見人就殺，這當然要靠劇本和導演的高明，但演員也功不可沒，令他得到奧斯卡的最佳配角獎。

自從《Batman: The Dark Knight》（2008），把漫畫拍成帶藝術的電影之後，

荷里活發現，原來殺手電影也可以走這條公式，動用大導演、好演員來拍藝術和商業都能討好的作品。

這麼一來，最近的一片叫《Hanna》（2011）的，起用曾拍過文藝片《Pride & Prejudice》（2005）和《Atonment》（2007）的Joe Wright 當導演。Cate Blanchett 演反派，而殺手是一個令人想像不到的小女孩，由在《Lovely Bones》（2009）有傑出演技的十五歲 Saoirse Ronan 擔任，為報母仇，殺人無數，成績不錯，但票房差強人意。

在現實生活中，有沒有職業殺手呢？當然存在。舉一個例子，「陸羽茶室」中的命案，就是職業殺手的傑作。過程是這樣的：

殺手跟蹤了目標數日，知道他喜歡在茶室中固定的位置飲茶。他悄悄地走進位置後面的洗手間，一出來就用強力的手臂緊緊扣着對方的頸項，令他不能動彈，然後拔出手槍，對準太陽穴開了一槍，目標隨即倒地。

一般殺手都不喜歡用曲尺，因為彈殼會跳出，留下彈痕成為證據，只愛用彈殼留在槍膛中的左輪，我們這位還是拔出他慣用的曲尺，開完槍後，冷靜地拾回彈殼，裝入口袋，才悠然步出中環，消失在人群之中。

電影裏，從來沒有看過這種方法，只是拿出槍來，對準對方的頭顱開了一槍。

但萬一目標掙扎閃避呢？這是電影製作人永遠沒有想到的。

電影和現實，到底有點差別，還是後者好看。

飲食佳片

我愛電影，也喜歡美食，兩者加起來更妙，現在選幾部出來談談：

毫無疑問，目前任何一部片子都取代不了的飲食最佳電影，是《芭比的盛宴》(Babette's Feast)（1989）。

故事敘述因沉船而飄泊到小島的中年女子，被兩個老姑婆收留為女傭。一天，她中了彩票，又聽到女主人年輕時的戀人要來這小島，把獎金全部用來買食材，燒出一餐盛宴。這個已成為將軍的老情人一吃，驚嘆説是巴黎最好的廚師手藝，原來就是女傭。將軍走後，主人問她錢都花光了，今後如何。女廚師回答：「藝術家，是不會窮的。」

片中她燒的菜，一道道仔細描寫，一點也不沉悶，看得嘆為觀止。這是一部丹麥片，導演 Gabriel Axel 年紀甚大，除這部電影之外作品甚多，但沒有一部超越過它。

《Vatel》（1999）一是部法國片，由大鼻子Gerald Deperdieu演一伯爵府大廚，為皇帝和高官炮製盛宴，但人不勝天，因氣候而弄至不完美，而自殺。

導演Roland Jaffe，英國人，生於一九四五年，舞台導演和電視記錄片出身，處女作《殺戮戰場》（The Killing Field）（1984）已一鳴驚人，接着的《The Mission》（1989）提名金像獎，後來就一直沒好作品，到荷里活拍的片子也失敗，但是這部《Vatel》，把尋求美食的精神和執着表現無遺，絕對值得一看。

《飲食男女》（1993）由李安導演，講一失去味覺的大廚和他的女兒之間的故事，除了美食還加入人生的喜怒哀樂，所描寫的中國廚藝和武功一樣，有紋有路，令全世界愛好電影和食物的觀眾折服，在外國評價很高，被公認為必看的作品之一。李安之後的作品大家熟悉，已不必介紹。

《Tortilla Soup》（2000），Maria Ripoll導演，是部墨西哥版的《飲食男女》，向李安致敬。

《蒲公英》（Tampopo）（1985），伊丹十三導演，用西部片方式拍攝對極品日本拉麵的尋求，充滿幽默，是得到世界影評人讚許，賣座亦非常成功的一部電影。伊丹後來又拍了多部諷刺政府稅務局和黑社會的戲，最後墜樓身亡，一直是懸案。

《Like Water For Chocolate》（1992），墨西哥片，墨西哥的國食為朱古力燒煮的雞。此片拍得異常優美，戲中講了許多政治問題，只是一部用吃來包裝的電影，但亦值得一看。導演 Alfonso Arau 後來也拍了一部和飲食有關的釀酒片子叫《A Walk in The Clouds》（1995），又有一貫的唯美作風。順帶一提，此片由意大利導演 Alessandro Blasett 的《Four Steps in The Clouds》（1942）重拍。Arau 後來也沒有甚麼重要的作品，至到用了 Woody Allen 拍了小品喜劇《Picking up The Pieces》（2000），才有點看頭。

另一部朱古力片為《Chocolat》（2001），美國片，由 Johnny Deep，Juliette Binoche 主演，寫一個現代的神話故事，用甜品包裝，導演 Lesse Hallstom 拍過很重要的《Cider House Rules》（1999）。最近一部作品叫《Casanova》（2005），全部在威尼斯拍攝，是很幸福的事，但看過之後令人失望。

德國片《Mostly Martha》（2001）是女導演 Sandra Nettlbeck 的作品，講一女廚師為照顧女兒，搞得事業和感情淩亂的故事，戲中女主角愛上了一個意大利廚師，將德國和意大利的飲食作一比較，算是有趣。

《Dinner Rush》（2000）是美國片，由 Bob Gireldi 導演，講一餐廳老闆被黑

社會迫害，最後復仇的故事，把一家食肆的運作和廚房的混亂描述得非常生動，亦不失為一部好的美食影片。

《Woman on top》（2000），巴西片，女導演 Fina Torres 的作品，敘述一個年輕的家庭主婦怎麼發揮烹調的才華，成為電視飲食節目紅人，但最後還是愛情重要，回到丈夫身邊。戲裏帶着點宣揚女權的情節，但是輕鬆有趣，很好看。女主角 Penalope Cruz 亦在這段時期最成熟最美，之後面容上鼻子變大，唇毛長出，和體形也走下坡，感嘆西方女子的快老。

很少人注意，但是我認為美食電影中拍得最好的其中之一是《The Big Night》（1996）。

故事說兩個兄弟如何經管一間餐廳，為了一個著名的食評人的來臨，特別燒一餐給他吃，忙得七國那麼亂的故事。戲中對意大利失傳的烤大包 Il Timpano 的做法有詳細的描寫，看了令人食指大動，當然，劇情上還是注重兄弟的感情；所有美食電影，沒有了感情，就不成戲了。

導演有兩人，其中之一為 Stanley Tucci，性格演員出身，所演的戲無數，排期到二〇〇八年去。這些配角通常觀眾不會注意到長得怎麼一個樣子，Tucci 並不英傻，頭也禿了，重要的一部是《Terminal》（2005），和湯．漢斯演對手戲，扮機場管理員，也許你會記得。

有些電影，與美食無關，但中間有一兩場是講吃東西的，已令人留下深刻的印象，《Tom Jones》（1962），英國片，由 Tony Richardson 導演，男主角和一情慾高漲的女人同桌進食，你一口我一口，進入高潮。

《The Cook, The Thief, His Wife And Her Lover》（1988），和《Delicatessen》（1990）都是被沽名釣譽的影評人捧為天高的飲食片，但只把食物作幌子，其實是污辱了食物，絕不值一顧，會看壞眼睛。

如要看此類片，不如找巴西片《How Tasty Was My Little French Man》（1972）吧，由 Nelson Pereira Dos Dantos 導演，講小島的居民歡迎了一個法國人，把他養得胖胖地吃掉的故事。

別問我上述電影去哪裏買，只要上網訂購，大部份都有 DVD 出售。

電影中的血腥

從前的牛仔和紅番電影，英雄開一槍，歹徒倒地，在他的胸口有一彈洞，一絲血液流了下來，表示已經死亡。

好人和壞人對打，拳腳交加，最後一人倒地，嘴巴和額角有一點點的血。

但觀眾像古羅馬競技場的暴民，對血的要求越來越高，輕微性流出，已不能滿足，他們一再嘶叫：給我更多，給我更多。

當今電影中的血，已經不是流，而是噴的。

用的當然不是真血，荷里活和日本的化妝品中，有一種叫血漿的東西，用化學紅花粉，加上蜜糖做出來。放入保險套中，包成一個血球含在嘴裏，咬破後一口噴出，演員也不覺難受。

至於身上中槍，那是把血漿放進一個個的塑膠袋，份量多少，看導演的暴戾程度。用一片硬皮保護演員的身體，以膠布貼緊，上面放血包，同樣以膠布貼緊。血包後面藏着一個小型、像藥丸膠囊的引爆器，通着電線，開關掣在演員手中。

導演一喊開機，演員就按掣，引爆器一爆發，連同爆開血包，血就噴了出去。事前別忘記，在演員衣服上用㓥刀劃上幾道，才能爆得好看，否則屢屢失敗。

通常是以加速的拍攝，慢鏡頭放映來強調，如果大家留意一下，還可以看到中槍的演員手中，是握着開關器的。

這種技法，在意大利西部片裏，還不成熟，要到森．畢京柏導演手中，才發揮得淋漓盡致，他的作品，永遠充滿這些鏡頭。

那麼用在刀劍上呢？從前的戲，總是英雄一刀斬下，歹徒啊的一聲倒地，接着看到他身上流出了血。到了黑澤明，他說高手過招，只要一記，非表現中劍效果不可，就在《穿心劍》一片裏，反派身上裝的已不是血包那麼簡單，而是一個電壓的噴筒，裏面是一加侖一加侖的血漿，像噴泉那麼濺飛開來。

血腥可以成為暴力的美學，也是賤價的驚慄；沒有看過的觀眾，一下子感到官能上的刺激，非常之過癮。東方的已看慣張徹電影中的手法，但外國片商們並不欣賞這種不合荷里活常規 zoom 來 zoom 去的不安穩鏡頭和凌亂的剪接，直到他們看了合理的運用。

這導演就是鄭昌和了，邵氏把他從韓國請來，此君頗為學院派，學足荷里活片的拍攝，也跟着潮流拍武打片，拍了羅烈做主角的《天下第一拳》，戲中的對打，最後把對方的肚子抓破一個洞，挖出腸來。

當然是道具部做出來的一堆豬腸和一大把血漿的玩意兒，但外國人看了尖叫，當地片商把戲名譯為《五根手指的暴力》，在意大利賣個滿堂紅，成為第一部在外國成功的港產片，比李小龍還要早。

其實在藝術性的處理下，震撼力比挖腸更厲害，《碼頭風雲》（On The Waterfront）中馬龍白蘭度的拳腳搏擊，雖是黑白片壓抑着鮮紅的血，但也留下深刻的印象。

血腥的構成，由血包爆出的是一堆堆，從噴水器撒出的是一滴滴，構圖並不太漂亮，就連後來史匹堡的《雷霆救兵》（Saving Private Ryan），血也噴得像澆花的水。說真實感沒人看過，在電影上的畫面又像太假，不是觀眾心目中的血花四濺。

這種理想的畫面，在甚麼地方才能看到呢？當然是漫畫了。電影中血腥的完美鏡頭，出現於《戰狼三百》（300），由真人和電腦動畫結合的拍攝，令到從人身上噴的血，可以凝結成一個完美的畫面，是多麼地令人嘆為觀止。

電影歷史上拍攝的戰爭場面，給《戰狼》這部片子一比，也都失色了。也只有這種手法，才能表現出戰場中過關斬將，見馬砍馬，見人殺人的血腥，手臂飛出，頭顱斷掉，沒有了電腦動畫，根本不能逼真。

這種技巧，讓電視劇《史巴達克斯：血與沙》（Spartacus: Blood And Sand）重複又重複。

競技場中的互殺，都是血肉橫飛，十三輯的片集處處是血腥和暴力。這些不止，又加上講個不停的粗口對白和一直出現的男女裸體，以及性愛，成為繼《羅馬》之後，最好看的一個古裝連續劇。

每集播完，片尾都打出字幕，說這是反映羅馬時代的荒淫，為求真實性，是必須的。

這當然是藉口，還是影評家說得對：「這麼一個小本經營的製作，又沒有一個大明星，非用這種手段來賣錢不可。」

「怎麼可以那麼大膽地表現性愛，怎麼可以那麼血腥暴力！」大家都那麼問：「又怎麼可以在電視上放映？」

我們得從西方的水準來看，這種血的表演，早在紙張漫畫書上充滿，近年來的大殺殭屍電子遊戲中，頭顱爆裂，胸膛開花，已不是甚麼值得大驚小怪的事。

在一個比漫畫、電影和電視更血腥的社會裏，校園連環殺人事件環生，真實比其他媒體更要殘酷。

也許，讓人在幻想中滿足了潛伏性的血腥，在現實生活中，可以減少一點吧？

十大電影

最近在微博上，有許多網友問我最喜歡的十部電影是甚麼？忘記我有沒有寫過，但是像喜歡看的英國電影雜誌《視與聽 Sight & Sound》，每年都要選一次，每回有點更換，我那十部如下……卻不變：

一、《二〇〇一年太空漫遊 2001 A Space Odyssey》（1968），史丹利·寇比力克 Stanley Kubrick 導演。

這是一部空前絕後的電影交響曲，主題是人與電腦；開場決鬥那段，大家都看得懂，一下子被吸引，其他的莫名其妙，但每看一次就多了解一點，像交響曲每聽一次就聽出一種樂器，樂趣無窮。在科幻片中被稱為「母親」，以後拍的都是徒子徒孫，五十多年前拍的，到現在還沒有一部超越得了它。

二、《金玉盟 An Affair to Remember》（1957），李奧·麥卡利 Leo Mc Carey 導演，雅俗共賞的片子，說是容易，其實很難，得天時地利配合得好，俊男美女的組合，加上那美麗的愛情故事，成為永恒的經典。之後的荷里活電影，有多部是拍來向它致敬的，主題曲攝人心魄，總令人畢生難忘。

三、《Tous Les Matins Du Monde》（1991），英文名《All The Morning of The World》，故事説一個演奏古樂器的音樂家，為榮華富貴犧牲所愛而後悔終生，男主角由 Gerard Depardieu 扮演，年輕的由他的兒子 Guillaume Dedardieu 扮演，無論在選角、攝影、燈光、道具、服飾，都是天衣無縫的。

四、與上一部片同樣題材，也是史丹利·寇比力克導演的《亂世兒女 Barry Lyndon》（1975），該片是歷史劇，故事老套得不得了，和粵語殘片謝賢演的不顧一切往上爬的年輕人一樣，但拍出極高的境界來。值得一提的是它的攝影，每幅畫面都像名畫的重現，不打一支人造燈，靠太陽和蠟燭照明，前所未有。

五、《城市之光 City light》（1931），卓別麟導演，他的電影可選入的多不勝數，像《淘金記》、《摩登時代》和《大獨裁者》等等，為甚麼是這一部呢？因為它是完美的，卓別麟為了它差點陷入瘋狂，後期工作也花了近兩年。故事圍繞着流浪漢和一位盲了眼睛的賣花女，他不顧一切地賺錢醫好她，賣花女看見東西之後，每天等待着這位公子哥兒到來，最後看到的是一個流浪漢，而不敢認出是他。

此片的主題曲是後來才加上去的，作曲的當然也是卓別麟本人。

六、《黃昏戀人 Love in The Afternoon》（1957），比利．懷特 Billy Wilder 導演，I. A. L. Diamond 編劇，他們兩人合作的經典眾多，我常猶豫要選這一部或者是他們的《熱情如火》，但再三的思考之下，還是覺得它編劇手法是可以作為教科書的。合情合理的笑料不斷出現，又溫情無比，絕對值得一看，主題曲《誘惑 Fasination》，至今還是縈繞於耳邊。

七、《北非諜影 Casablanca》（1942），米高．寇蒂斯 Michael Cutiz 導演，在電影工廠制度下拍出的雅俗共賞的經典，導演也是一位極平凡的人物，本片的成功是屬於奇蹟類，不可多得。故事傳承《雙城記》為愛人犧牲自己的精神，女主角 Ingrid Bergman 當年最成熟迷人，男主角 Humphrey Bogart 為一極醜的人物，也不懂甚麼叫演技，但就當紅，有甚麼話說？配角 Cldude Rains 和 Peter Lorre 都是完美的配搭，主題曲《時光的消逝 As Time Goes By》由 Herman Hupfeld 所作，無人不曉。負責全片配樂的是 Max Steiner，《亂世佳人》也是他的手筆，戲中被盛傳的對白：「再奏一次吧，森姆 Play it Again, Sam」，在片中沒有講過。

八、《七俠四義 Seven Samurai》（1954），黑澤明導演，一向被認為是武俠片，但絕對是一部完美的電影，手法、演員和其他部門的製作，都是頂尖的，連一個酒壺也考究一番，片中的打鬥，人、馬、大雨和泥濘，都極難拍出。胡金銓曾經說過，也許有一年他會拍出比此戲更高的水準，但永遠沒有那麼強的精力去拍那場打鬥戲。

九、《捉賊記 To Catch A Thief》（1955），希治閣 Alfred Hitchcock 導演。希治閣電影以懸疑、驚慄見稱，其實底子裏是位柔情的人物，他大概極愛女主角 Grace kelly，但又追求不到，把她拍得美如天仙，又非常性感。戲中美景如畫，又加上巧妙的破案情節，令觀眾一看再看，無論是年紀大小。

十、《野蠻人的侵入 The Barbarian in Vasions》（2003），Denys Arcand 導演，這部戲大概沒有一個影評人會選中，喜歡的原因是它能用最愉快的方法去討論死亡，看完之後的淡淡憂愁，所討論的觀點，已超越了人文和道德。雖然少人欣賞，但此片得過二〇〇四年法國最高的凱撒獎和最佳編導獎，第七十六屆奧斯卡金像外語片，也給了它。

日本電影經典名作

好友俞志鋼兄移民溫哥華多年，生有一幼子，年已二十出頭，熱愛電影。志鋼兄為了他，組織一個家庭電影俱樂部，專放一些經典作給小兒子和他的一群友人觀賞。

歐美電影，他們的資料齊全，但對日本片認識不深，要我推薦。我先送了一部《黃昏清兵衛》的DVD給他們，看後說：「黑澤明以來，最好的片子！」

對導演山田洋次大感興趣，我再寄了《隱劍鬼爪》，眾人驚嘆：「把武俠小說拍成那麼有藝術感，還是第一次看過！」

從此，對我的推薦大為信任，要我多作介紹，列出一份必看的日本電影經典名單。我心中有數，但礙於許多片子都沒出DVD，介紹了他們也看不到，只選出市場中買得到的，以供參考：

《丹下左膳餘話．百萬兩之壺》，山中貞雄導演。丹下左膳是個單眼的劍客，殲奸助弱。戰前電影，拍得那麼有水準，打鬥又是那麼痛快，極為罕見。

《人情紙風船》，也是山中貞雄作品，二十三歲時的代表作，描寫江戶時代各種小人物的生活，極趣，並為了解日本文化最直接的辦法之一。

《晚春》，小津安二郎導演，講一個父親和遲婚女兒之間的感情和對話，富人情味，並有淡淡的哀愁。

《七人之侍》，黑澤明巔峰之作，武俠和藝術熔於一爐，故事被後來的導演抄襲又抄襲，總不及原片好看。

《生了出來，但是……》，又是小津安二郎的傑作，從小孩子眼中看大人，不但有藝術性，而且讓觀眾笑壞肚皮。

《無法松的一生》，無法，有膽大比天高的意思。講一人力車夫暗戀一位寡婦，但又不敢示愛的感情，藝術性和商業性兼顧，稻垣浩導演，後來由三船敏郎重拍，不及原片。

《青之山脈．前後篇》，由石坂洋坎郎名著改編，今井正導演，為青春謳歌，了解早年男女學生生活最佳作品。

《稻妻》，成瀨巳喜郎作品，他是一個最會描寫女性的導演，手法細膩，值得觀賞。

《東京物語》，又是小津安二郎片子，寫一對老夫妻從鄉下到東京去看女兒的平凡故事，當年的銀座實景拍得極詳細，可有諸多回味。

《君之名》，由電台愛情小說改編，非常老土，但也可以觀察當年年輕人的戀愛觀，前後三部作品，一共六小時。

《哥斯拉》，第一部日本特技科幻片，円谷英二導演，從此片演變出後來的幪面超人等電影，有它的歷史價值存在。

《夫婦善哉》，由織田作之助原著改編，本田四郎導演，描寫戰前的大阪人生活，劇情風趣。「夫婦善哉」後來也成為紅豆沙和糯米糍甜品的名稱。

《浮雲》，林英美子原著，成瀨巳喜郎導演，講派到越南的技術人員，愛上女同事的故事。後來他們回到日本，繼續相愛，但又不能結合，劇情感人，尤其是分開之前，兩人在溫泉中共浴那場戲，令人難忘。

《雪國》，端川康成原著，寫已婚之夫和藝伎之戀。藝伎對這個成熟男人的愛慕，超越一切，是上了年紀的男女才會體會的劇情。

《緬甸的豎琴》，市川崑和妻子劇作家和田夏十合作的電影，好戰的日本民族之中，有此反戰電影，極為難得。

《狂之果實》，中平康導演，描寫經濟起飛後的反叛青年作品，石原裕次郎因此一炮而紅。中平康後來到邵氏重拍此片，名為《狂戀詩》。

《宮本武藏》，數度拍為電影，最好的是由小村錦之助主演的這一片，比三船敏郎好。

《東海道四谷怪談》黑白片，由中川信夫導演。西木正的攝影，創新手法，前所未有，後來才拍成彩色片，恐怖之餘，也拍得悲情和艷美。

《座頭市物語》，盲俠片集的第一部，黑白，勝新太郎主演，演技出神入化，描述盲人之精彩片段，多過動作。

《忍者》，由社會主義派導演山本薩夫拍的武俠片，為描述忍者生涯最詳細和動人的一部片子。

《日本昆蟲記》，今村昌平導演，描寫戰後混亂之中，一個女人如何用各種手段生存下去的故事，女主角左幸子得到柏林影展最佳女主角獎。

《砂之女》，由插花名派草月流傳人勅使河原宏導演，拍攝得前衛和大膽，女主角砂中裸露的鏡頭，記憶猶新。

《砂之器》，松本清張的偵探小說改編，寫一音樂家為名利殺人的故事，拍攝得非常淒美，推理片能夠如此藝術化，空前絕後。

《山打根八番娼館．望鄉》，由左派導演熊井啟導演，描寫一個軍妓的悲慘故事，非常感人，值得一看。

《緋牡丹博徒》，此片的價值之處在於女主角藤純子，演一個女賭博師，雖然是黑社會武打戲，但她那種純情和優美，是日本女人中最漂亮的一個。

《東京奧林匹克》，記錄片，市川崑導演，用一百架攝影機拍攝，不只拍勝利者，也拍失敗者的表情，為記錄片中非常出色的作品。

《怪談》，小林正樹導演，四個短故事組成，為鬼電影中拍得最美麗的一部。

《葬式》，伊丹十三導演處女作，把一個嚴肅的葬禮拍成趣味盎然，極為難得，後來的《蒲公英》也承繼其風。

《男人之苦》，志鋼兄和兒子要研究山田洋次，這個片集必看，再也沒有其他導演拍日本人的善良和劣根性拍得如此淋漓盡致。一共有四十八部作品，故事人物劇情都一樣，但百看不厭，是個奇蹟。

主角渥美清死後，山田洋次繼續拍《笨蛋釣魚日記》，諷刺日本公司的老闆和下屬的關係，也成為長壽劇。

《幸福黃手絹》，由美國短篇小說改編，是山田洋次的小品。高倉健演一出獄犯人，回到家裏過程中的種種悲傷和喜悅，亦非看不可。總之志鋼兄說得對，黑澤明之後，只有山田洋次了，每一部作品都好看。

二、談電影及電視

B級片

我們這輩子，都是看荷里活電影長大的，其中當然包括B級片。這種低成本，粗製濫造的產品，有時是長篇，有時在正片放映前添加，十五到二十分鐘，戲完時寫明：請看下回分解。

B級片有很多成功的因素，主要是緊張刺激，隨着社會的文明，變成恥笑的對象，觀眾開始要求有深度的作品，得獎更是每一個年輕導演的美夢，漸漸地，大家都忘記有B級片這一回事。

至到史匹堡和盧卡斯合作了《奪寶奇兵》系列，把B級片發揚光大，荷里活的製片家才把它當成神奇妙方，不斷地以大成本來製作B級片，有成功的，也有失敗的，但失去了B級片的精神，那就是以最低的成本，拍出最引人入勝的片子。

在一九九二年，出現了一位佼佼者，他的名字叫羅拔·洛利加（Robert Rodriguez），僅僅用了七千美金，拍了《El Mariachi》一片，得到荷里活大院線發行，賣至全世界去。

這部戲，成為洛利加的里程碑，行內也以「七千美金的電影」來宣揚，成為了B級片的經典。接着，他有了大資本，拍《Desperado》，起用拉丁民族電影最賣錢的大明星Antonio Banderas，又捧紅了女演員Salma Hayek。用同一組合，加上Johnny Depp、Mickey Rouke、Wilckey Defoe與Eva Mendes等大牌，拍《Once Upon A Time in Mexico》，成為《Mariachi》三部曲，賺個滿缽。

和怪才昆汀．塔倫天奴一拍即合，共同製作了好幾部電影，塔倫天奴也是一個B級片迷，最受港產動作片影響，還特地買了邵氏出品的商標，在他作品中打出，以表敬意。

洛利加用塔倫天奴的劇本，拍了吸血鬼片《From Dust Till Dawn》，塔倫天奴還粉墨登場，飾演一歹角。洛利加是個全材，攝影、剪接甚麼都會，他替塔倫天奴的《Kill Bill II》作曲，收取一元美全。塔倫天奴也為洛利加導演的《Sin City》拍一場戲，亦收回一塊美金。

舊時B級片，通常有所謂的雙片放映（Double Feature），兩人就共同導演了《Grindhouse》，各拍一半。

戀舊似乎是洛利加的個性，合作過的演員一次又一次重用，其中有一位叫丹尼·特豪（Danny Trejo），樣子奇醜無比，滿臉瘡孔，蓄八字鬚；個子高大，其實腳短，和身子比例全不相稱。一直在荷里活片中沉浮，演的都是反派，多次在洛利加作品中出現，最初也只是演壞蛋，後來像〇〇七的鋼牙一樣，觀眾對他逐漸熟悉，也喜愛他獨特的形象，改為好人，而續下的片中，每個角色都用同一個名字稱之為Machete。

Machete為西班牙語，讀成馬舍地，是一把大彎刀，當成武器當然致命，但是農民用來斬甘蔗和香蕉，為一和平的工具。

馬舍地在南美洲鄉下，幾乎人人有一把，於南洋也廣泛被用，叫為巴冷刀。在二〇一〇年，洛利加又拍了一部B級片，以Machete為題，男主角當然是他的表哥丹尼·特豪！

B級片的特點在於出乎意料，滿足觀眾，從來沒有人想到導演會用那麼醜的男人當主角，如果他可以，我們為甚麼不能？

不但如此，還要贏得美人歸，連最漂亮的Jessica Alba，最後也要坐在他懷中，一面做愛一面騎着電單車揚長而去。

最初，觀眾以為導演在開玩笑，當他拍《Grindhouse》時，收錄了不少電影預告，其中有一輯是丹尼．特豪抱着兩個裸女的，片名為《Machete》。等到片子出現，才知道當真，預告片中的裸女，還換了當今吸毒被判監的壞女孩 Lindsay Lohan 呢。

有了那麼一個把B級片拍為經典的膽識，荷里活巨星都對導演表示尊敬，就算是鼎鼎大名，一向最難搞的羅拔．狄尼羅（Robert de Niro）也湊一角來演壞蛋州長，扮相和布殊相同。

久未演出的電視主角 Don Johnson 也扮壞警長。最大反派由 Steven Seagal 擔任，這個從來不懂演技，又目中無人的所謂動作英雄，當今垂垂老矣，戴着一個假得不能再假的頭套，樣子極為討厭，怪不得他一被殺，大快人心。

片中的另一性感女主角我最喜歡，名叫米雪．洛利加（Michelle Rodriguez），和導演同姓，但無關。樣子不算漂亮，但極有個性，一向演的都是會打的女英雄，也許你會記得她，曾在《阿凡達》出現，又演過電視片集《迷》。

在接受一篇訪問中，她被問到怕不怕被定型，每次都是強人？

她笑着回答：「定型又如何？你以為我會蠢到去想得演技獎，扮些甚麼弱不禁風、但有內心表現的角色？這種劇本難求，有了我當然會考慮，到目前為止，製片家請我的都是要打的。打就打吧，賺了錢，我還能做很多事，文藝片不是每一個人都喜歡看的，整天去想得獎，幹個鳥？」

這些話也代表了看B級片的心聲，有深度的電影我們也當然欣賞，但偶爾看B級片，緊張刺激，香艷肉感，過癮之極，有甚麼不好？

從一部未經聞的電影說起

電視上有一個殘片台Tcm，我有時一轉到便像被磁石吸住，非把片子看完不可，其中一部，就是《穿紅衣的天使The Angel Wore Red》（1960）。

沒有甚麼人知道吧？是甚麼電影？也許你聽過女主角亞娃嘉娜Ava Gardner，在五十年代，她曾經被封為世上最美麗的動物。

故事圍繞在第二次世界大戰中，一個神父愛上了一個妓女，老套得再也不能更老套，編導似乎有意去發掘戰爭的愚昧，但顯然是不成功的。

亞娃嘉娜演的當然是這位風塵女子，當年她雖然只有三十九歲，但臉已浮腫，身材略肥胖，男主角狄克保嘉Dirk Bogarde比她大一歲，但看起來有點姊弟戀的味道。

從來沒覺得亞娃嘉娜會演戲，她也從來沒有用功過，只被觀眾捧到天上去罷了。吸引我看下去的是狄克保嘉，這位稍瘦，又文質彬彬的男演員，在年輕時主演過不少膾炙人口的片子，多數是蘭克公司拍的，的確是位美男子，在《Doctor At Sea》（1955）那部片中，他連性感小貓碧姬芭鐸也不看在眼中，迷死幾多少女！

後來，天真的觀眾長成了，才知道他是一個同性戀者，也不必為他大失所望，只問為甚麼有天份的英國男人，像王爾德、毛姆、科士德，都只喜歡男的？

當年，社會還是保守，和蘭克的合同上是註明破壞公司的聲譽是違法的，觀眾更絕對不允許一個偶像有斷袖之癖，但保嘉是勇敢的，他在拍完了這部電影之後，便去主演一部叫《被害者 The Victim》（1961）的戲，為同志們出了冤氣，從此他再也不回頭，一直在歐洲拍藝術性電影，像《The Servant》（1963）、《Darling》（1965）等等。

片酬他當然不計較，但到了1966，不得不向現實低頭，在女占士邦式的片子《Modesty Blaise》（1966）演反派，從俯拍的鏡頭中，我們看到他的頭已禿，這是多麼令觀眾傷心的一件事。

當然，大家最記得的還有《死在威尼斯 Death In Venice》（1971），對同志們致最高的敬意！

保嘉雖然沒出過櫃，但也拒絕了假男女婚姻，至死保持獨身。晚年，他是一個成功的專欄作家，也集成了好幾部書，他甚至口述自己的生平，也提到了他終生的伴侶，他的經理人 Anthony Forwood 在一齊的生活點滴，這些錄音書還出現在英國的書店中，有興趣可以去找一找。

能湊合《穿紅衣的天使》拍得成的，除了男女主角之外，還有導演 Nunnally Johnson，他本身是位著名的編劇，寫過得獎無數的《憤怒的葡萄 The Grapes Of Wrath》（1940），在一九六一年彩色片子已經普遍時，為甚麼還用黑白來拍攝，倒沒有記載，所以片名的紅衣服，從來沒出現過。

他批評亞娃嘉娜是一個瑪麗蓮夢露型的女人，像永遠長不大，拍攝這部片子時一直要人陪她上夜總會玩到天亮，在人群之中，她卻是很寂寞的。

亞娃晚年的生活也夠悽慘，已沒甚麼角色要她來演，一聽到有《畢業生 The Graduate》（1967）這個劇時，她打電話給導演 Mike Nichols，要求演羅賓遜夫人。他當然沒用她，挑選了 Anne Bancroft，當年她三十六，而亞娃已經四十五了。從前的荷里活女星真可憐，不像現在的那麼耐老。

在電影上沒甚麼成就，亞娃一生的男人可真精彩，她一進入影壇，即刻嫁給由童星轉為當紅主角的米奇隆尼 Mickey Rooneyo，她十九，米奇二十一。

第二任丈夫 Artie Shaw，喜歡爵士音樂的人沒有一個不知道他是誰。第三任的名氣更大，當年最紅的法蘭克辛納特拉 Frank Sinatra。也不能說法蘭幫了她甚麼，在法蘭藝術生涯最低迷的時候，她還利用了自己所有的影響力，去爭取到《紅粉忠魂未了情 From Here to Eternity》（1953）的角色回來給他，結果得到奧斯卡最佳配角獎，才翻了身，他們兩人後來雖然離異，但終生保持親密的友好關係。

男朋友之中，她結交過大亨 Howard Hughes，在西班牙拍海明威原著的戲時，和這位大作家同居了數年，更喜歡上鬥牛，最著名的鬥牛士 Luis Miguel Dominguin 也是她裙下之臣。

還是談回這部未見經傳的電影吧，第二男主角叫約瑟歌頓 Joseph Cotten，當紅一時，主演過奧遜威爾斯 Orson Welles 最早兩部名片《Citizenkane》（1941）、《The Magificent Ambersons》（1942），在片中演一美國的戰地記者。

值得一提的還有第三男主角維多利奧狄西嘉 Vitorio de Sica，他是意大利不朽名匠，演一個貴族將軍，因為荷里活認為他的英語不行，叫一個人替他配了，結果不倫不類，難聽死了。狄西嘉不只主演過無數的片子，他導演的《單車竊賊 Bicycle Theif》（1948）在電影史上留名。

《穿紅衣的天使》除了意大利，也沒有在外國發行過，美國本土的收入是四十一萬美金；加拿大還多，是五十五萬美金。虧損了一百五十多萬美金，是美高梅在一九六一年最大的票房失敗作。我找出了這些雞毛蒜皮的資料，自己感到津津有味，也不管讀者喜不喜歡聽了。

一本小說四部電影

一七八二年，法國的 Pierre Choderlos de Laclos 寫了《危險的關係》（Les Liaisons Dangereuses），暴露貴族的性醜聞，同時也忠實反映當年的社會、成為最暢銷的小說。

一百七十八年後，法國導演 Roger Vadim 第一次將它改編成電影，是部黑白片，由當紅的 Jeanne Moreau 和英俊小生 Gérard Philipe 主演，時代背景改為一九六〇年。

二百〇六年後，荷里活請了英國導演 Stephen Frears 以英文名《Dangerous Liaision》重拍此片，女主角為 Glfnn Close，男主角是 John Malkovich，配角有 Michelle Pfeiffer、Uma Thurman、Kearu Reeves，時在一九八八年。

差不多同一個時期，捷克導演 Milos Forman 也拍了同部小說，改名為《Valmont》，由當年還不紅的 Colin Firth 當男主角，但有美國明星 Annette

Bening 撐腰。

十五年後的二〇〇三，這本小說變為《醜聞》，又名《挑情寶鑑》，是部韓國古裝片，男女主角是裴勇俊和李美淑。另題為《朝鮮男女相悅之嗣》。

男女偷情的故事，萬國皆通，今後再拍成中國電影，也不出奇。

原著以一百七十五封信組成，描述貴族子弟華爾蒙和上流社會貴婦瑪蒂兒互相傾慕，是一對風流不羈的男女。他們打賭：男方要毀掉一個處子和一個忠節少婦，才能得到女方的溫存。華爾蒙做到了，但也愛上了少婦，最後在一場決鬥中喪命，瑪蒂兒飲恨終生。

前三部的戲，都着重在女主角身上，第一部珍．夢露演的馬蒂兒愛得轟轟烈烈，失去男主角後以火焚身，留下深刻印象。第二部的格蓮．寇絲剛剛拍過《孽緣》（Fatal Attraction）（1987），最拿手表演變態的癡戀，可惜樣子醜得連觀眾都不能接受。男主角為甚麼要得到她？說服力不強。第三部的安納．貝寧甜美，但狠毒不夠，也是失敗之作。第四部的韓國片，不把戲放在演瑪蒂兒的李美淑，而把感情全部交給忠節少婦全度妍，是用另一個角度來說這個同樣的故事，非常有趣。

至於導演的功力，羅渣．華典本身是個花花公子，他雖屬於新浪潮一輩，但被影評家認為不入流，拍的戲只是嘩眾取寵，這可能與嫉妒有關。碧姬．芭鐸、珍．芳達、嘉塞琳、丹奴等等大美人，都為他生兒育女，不過此君對拍這一類挑情戲，手法綽綽有餘的。

英國的史蒂文．菲爾由舞台出身，他的《My Beautiful Laundrette》（1986）譽滿國際。在此片中他採用都有舞台經驗的演員。寇絲當然達到演技的要求，心中人愛上別的女子的痛苦，表現無遺，但她演的愛只是兇殘，並無溫柔。男主角麥哥維治雖是老戲骨，但絕非當大情人的料，反而是米雪．菲花很惹人同情。小說中這個人物最為討好，只要夠美，誰來演都不會失敗，烏瑪．杜曼和基奴．里夫當年都是新人，後來紅透半邊天。此片最突出的反而在服裝上，得了金像獎。

米路．霍曼是位大師級導演，在一九八四年拍了《莫扎特傳》（Amadeus）後就行衰運，要在五年後才有這部戲開，看得出是小本投資，服裝和佈景都不如人，男女主角也不入戲，交差而已。劇本由 Jean Claude Carrière 改編，倒是四部片中最突出又合情合理的，像把瑪蒂兒寫成一個拒絕屈服在男人社會的女性，說服力最強，而她為甚麼要報復？也有一段明場戲交代被情人拋棄，所以要把他的未婚妻弄破身才過癮。

演少婦的 Meg Tilly 楚楚可憐，她有一把荷里活女明星中最好聽的聲音，被男主角出賣後，站在雨中等待他回心轉意的戲也最感人。

而男主角死於決鬥，寫成一場變相的自殺，最後要求殺他的人向少婦轉告自己的悔意。

韓國片的導演李在容一開始先把報復的原因説明，瑪蒂兒這個角色改成朝廷大官的太太，丈夫因為她不能生育而要娶小老婆，所以把她的初戀情人招來勾引她，也符合東方民情。但是李美淑和名字不同，並不美，而男主角裴勇俊名副其實年輕英俊，怎麼會替一個又老又醜的女人賣命？電影中，戲很重要，但外形還是決勝負的。

把少婦這個角色改成未嫁喪夫直守貞節牌坊，是最完善的。全度妍越看越好看，最後獻身時，將那傳統的韓服一層層脱去，情節需要脱，就脱嘛。令守身如玉的香港大明星羞恥。

演未婚妻的李昭娟非常漂亮，也全裸，和當年是新人的烏瑪．杜曼一樣大膽演出。杜曼在《標殺令》（Kill Bill）（2003）一片中已垂垂老矣，真想不到有一天李昭娟年華也逝。

這部韓國片對細節很重視，古代女性的化妝品、手指甲的染料、食物的豐富，加上一幅幅如山水畫的實景，是從前製作費很低的年代中看不到的。

美中不足的是結尾時的畫蛇添足，少婦的自殺，貴夫人的飄洋過海，並不需要。

這四部電影都已經有DVD，各位可以連租帶借，同時看完，做一比較，對原著改編電影，又有一番認識。

《狂想曲》

有些小孩不肯上學，有些愛讀書，有些不喜歡文科，有些討厭理科。像數學、科學、醫學等，一定得到學校去讀；文科，有如文學、美術、音樂等，可在私塾教。

我認為教育下一代，與其請課外老師，不如先由讓他們看電影開始，要是他們的興趣只在文科的話。

電影包括的分野很多：小說、詩歌、戲劇、攝影、音樂、美術、服裝、道具等等，好處數之不清，任何一項科目，都是享之不盡的財富。

而引起小孩興趣的，當然是卡通片了。

一般的卡通，只供娛樂，多數是垃圾。真正能啟發兒童的，惟有迪士尼《狂想曲》（Fantasia）一片。

它拍於一九四〇年，數十年後看，還最前衛的。

從此片，我們讓該下一代打開一個欣賞古典音樂的宇宙，由當年最好的指揮家 Leopold Stokowski 領導着一群優秀的 The Philadelpnia Orchestra 樂團演奏。

片子一開場，聽到 Bach 的《Toccata and Fugue in Dminor》。家長們可以把這一段東西跳開，不然抽象的形象會讓小孩子昏昏欲睡。

接着進入的是柴可夫斯基的 Tchaikovsky 的名作《胡桃夾子》（The Nutcracker Suite）。

小天使的飛躍，蘑菇的舞蹈，群花的開放，水底的森林，俄國的後宮之後回到花瓣的華爾滋，令兒童目不暇給，興趣盎然地看了下去，一方面感受樂曲的優美，帶他們今後對芭蕾舞的愛好。

如果你的孩子只擁有平凡的智慧，那麼下一段的卡通一定不會悶，《法術師的學徒》中，當學徒的米奇老鼠看到師傅使法術，自己卻要做枯燥的擔水工作，老師走後他戴上法術師帽，開始命令掃把提水，呼喚天上的星星表演煙花，但最後闖出大禍來。

音樂是法國大師 Paul Dukas 的作品。

片段結束米奇老鼠跑上台和指揮家 Stokowski 握手，是第一次在銀幕上出現卡通和真人一齊的表演。

Stravinsky的《The Rite of Spring》說出生命的起源，由太陽爆發至地球形成，單細胞進化到恐龍的世界。也許史匹堡看了此片後才孕育《侏羅紀公園》的拍攝。這一段戲間接地推翻了《聖經》上的《創世記》觀念，讓孩子們換一個角度去找尋我們是哪裏來的答案。

音樂是怎麼發出的呢？畫面上出現了一條垂直的直線，那就是聲帶了。由這條聲帶的震動，構造出優美的圖案，發出各種樂器的聲音來。

每部電影放映中，菲林的左側都有一至數條聲帶，透過光學，配合了畫面產生對白、效果和音樂。這也令到理科學生發出興趣，研究出今天以數碼發音。

貝多芬的《田園交響曲》（The Pastoral Symphony）也被稱為第六交響曲，描寫大自然的美，片中更穿插了神話角色：有翅膀的馬，獨角獸，仙女們在田園舞蹈，來了一陣暴風雨，回到和平與日落的美景。

有了這段戲，我們被古典音樂深深吸引，啟發我們今後對交響樂的欣賞。聽之再聽，聽到每一件樂器，每一個音符，也引導我們走進貝多芬其他交響樂的世界。就算孩子們對音樂沒有興趣，至少在他們長大後，一聽此曲，即能反應：「啊，這是貝多芬的第六。」

Ponchielli 的《Dance of the Hours》是從他的歌劇《La Gioconda》取出，用鴕鳥、河馬、大笨象和鱷魚來諷刺上流社會的社交活動。小孩子們看到這些動物跳芭蕾舞，哈哈大笑之餘，也接觸到意大利歌劇，為他們今後對歌劇欣賞做好準備，是奇特的教育方法。

最後一個樂章善與惡的抗衡。用 Mussorgsky 的《Night on Bald Mountain》代表黑暗，當罪惡征服了世界時，一道橋上露出點點的明燈，以 Schubert 的《聖母曲》（Ave Maria）來象徵光明世界的重臨。

Ave Maria 之後在電影史上不斷出現，像在《學生王子》（The Student Prince）中馬里奧・蘭沙的歌唱。不過這是後話了。

如果我們是在家裏以 DVD 欣賞此片，還能找到當年上映時刪掉的片段，以天鵝飛翔和月光的畫面來表現法國音樂大師 Debussy 的《Clair de lune》。Debussy 一向以短曲取勝，他的《夜光曲》《大海》等，都膾炙人口。進入他的世界，是一個優雅的天地。

《狂想曲》拍完六十年後，迪士尼全新製作了《狂想曲 2000》，以巨大的菲林在各IMAX劇場放映，又加上電腦繪畫和大明星來介紹貝多芬的《第五交響曲》、Respighi的《Pines of Rome》，還有爵士經典Gershwin的《Rhapsody in Blue》等等，不過，這一切新科技，和當年原始的原著一比，內容就顯得落後了，這就是我所謂的垃圾，不能讓小孩子欣賞，否則看壞頭腦。

你認為卡通片大人就沒有興趣嗎？六十年代掀起了一陣大麻文化，盡情享受《狂想曲》供應的視覺享受，被公認為空前絕後的經典作。不過這些事，等小孩子們長大後才慢慢去了解吧。

《麥迪遜郡的橋》

數年前，我的日本女秘書向我推薦《麥迪遜郡的橋》（The Bridges of Madison County）這本小說：「你一定要看！」

「說些甚麼的？」我問。

「描寫一個攝影師，遇上一位農夫的太太，與她在一起，度過了四天的故事。」

「那又有甚麼特別？」

「看了就知道。」她說。

她讀的是日文譯本，幾乎與美國出版的原著同時發行，作者為羅拔．占士．華拉 Robert James Waller 是北愛荷華大學的主任，教的是工商管理。

自出版以來，它一直是日本最暢銷的翻譯小說，在美國也大受歡迎。薄薄的一本書，文字很簡潔，很快地便讀完了。

之後的印象是作者實在厲害，他了解美國流行小說的市場，女性讀者居多。在紐約、洛杉磯、芝加哥的大城市，暢銷與否影響到全國，但是美國小說和她的電影一樣，真正的命脈在於艾荷華、田納西等等的山旮旯，這些地方有數不盡的寂寞家庭主婦，生吞活剝地刨書，而《麥迪遜郡的橋》針對着這個市場，不成功也很難。

基本上，它是一本情慾小說，低廉的黃色讀物氾濫，只要用華麗的文字，和格調略高的手法，把色情昇華，成為可以進入家庭的讀物，必賣個滿缽。世界各地的小說市場都有這個趨向，故事內容離開不了性愛。

美國鄉下的道德觀念還是很守舊，到底怎麼說服一個專制的丈夫讓太太讀這本書呢？

作者把時間移前到六十年代，男主角是一位長髮嬉皮士。當年他已經是五十二歲了，名叫羅拔．清溪。羅拔．清溪是個不羈的人物，自稱為最後的牛仔，職業是《國家地理雜誌》的攝影師，自由自在地在世界上每一個角落「創造」他的照片。一天，他來到麥迪遜郡，主要的任務是拍攝那些有屋頂蓋的橋樑。

這裏，他向一家農居的主婦問路，她已有四十多歲。丈夫，一子一女，都出門去參加農業展覽會去。

她原籍意大利那不勒斯，戰後嫁給美國大兵，跟着他到麥迪遜郡，過着平民的一生，名叫法蘭卻絲嘉。

做學生時，她專修比較文學，和教授有過一段戀愛，後來嫁給了當大兵的丈夫。他永遠不知道她的過去，也將不知道她和這個攝影師會發生的情慾。

法蘭卻絲嘉被羅拔·清溪的纖細情感深深地吸引，他處處照顧着她，為她着想，這是一個被丈夫忽略的太太所缺乏的。

四晝夜的做愛之後，羅拔·清溪要求她一塊兒離去，但她冷靜地拒絕，因為她認為她會把清溪的野性減弱，變成他的負擔，而且，她不能傷害到無辜的丈夫和兒女。

羅拔·清溪也斷然地接受事實，難能可貴的是在他的餘生中，再也沒有第二個女人，也永遠忍受着寂寞的煎熬，不再與她連絡。直到他死去，才託律師樓把兩人之間僅有紀念物品，一張短箋、一個刻着法蘭卻絲嘉名字的心扣和幾個破舊的相機寄回給她，遺囑中，清溪叫律師樓把他骨灰撒在麥迪遜郡的橋樑。

法蘭卻絲嘉也一直守着這個秘密，將這段感情記載下來，死後才把一切留給她子女。

長成的子女讀後才知道，這世間上還有這麼永恆的戀愛存在，對現代人把婚姻當成兒戲的事感到羞恥，他們被母親的偉大愛情感動，並不怪她。

在留給兒女的信中，法蘭卻絲嘉提起他們的父親臨終時，在醫院也向母親説過，他對她，是有歉意的。

好了。

説作者聰明，就是聰明到能把一件世人認為不可饒恕的紅杏出牆，寫成戀愛的史詩，不但滿足所有悶得發慌的家庭主婦，連她們的丈夫和子女都要説服，讓大家認為這本情慾小説，一點也不污穢，非讀不可。

小説一開始是由法蘭卻絲嘉的兩個子女找作者説起，把一切資料交給他，要他記載母親的戀愛，因為他們認為這種感情是值得歌頌的。

書中有三段賺讀者眼淚的地方。

第一段是羅拔·清溪死後留給法蘭卻絲嘉的文字。

第二段是法蘭卻絲嘉給兒女的信。

最後以一個黑人爵士樂手的旁白結束。作者以第一人稱寫追蹤羅拔·清溪，但始終沒看過清溪的照片，相信是他生前毀去。直到一天，看見他為了黑人爵士樂手拍的那張，找到他，由樂手口中敘述羅拔．清溪這個老人，怎麼和他結識，和他成為朋友，兩人在河邊釣魚時，樂手看到心扣上法蘭卻絲嘉的名字，問起了他。羅拔．清溪把這段往事清清楚楚地描述給他聽後，泣不成聲。

樂手大受感動，作了一首名為法蘭卻絲嘉的樂曲，每當羅拔．清溪來到他的酒吧，必定會演奏給他聽。

隔了不久，羅拔．清溪不來了，樂手知道他已死去，還是繼續為他演奏，一面吹着色士風，一面看着橋上的麥迪遜郡的橋樑的照片，想起羅拔．清溪，想起一個叫法蘭卻絲嘉的女人。

《麥迪遜郡的橋》出版之後，各大製片家都爭着搶它的版權拍電影。

最後，落在大師史提芬．史畢堡手上。

問題是：誰來演羅拔．清溪和法蘭卻絲嘉呢？

這部差不多是由頭到尾只有兩個人演的戲，不用大牌怎麼行？

羅拔．必烈福一早就看中了這本小説，認為這是夢寐以求的腳色，是唯一一個讓他在老年歲月中，能夠留給觀眾印象深刻的，鹹魚翻生的機會。

但是，必烈福實在太靚仔了，他也缺少羅拔．清溪的那份野性，還是讓他以

《不道德的交易》中的闊佬紳士的形象一齊埋葬。

小說中的清溪，雖然是五十二歲，但是肌肉還是結實的，人還是消瘦的。當然製片家一想，便是《辣手神探奪命搶》的奇連．伊士活，何況他年輕時還是一個「獨行俠」的牛仔呢。

不過你不認為奇連．伊士活太老了嗎？他今年已是六十歲了，雖然身材不至於發胖，但最近的電影中，他看來好像患了癌症，瘦不成形，而且，奇連．伊士活拍男女親情的戲，是慘不能睹的。

加文．高士拿要是老多幾年就好了，本來他有美國人的獨立和戆直的一面，但是太過壯健，不夠細膩，沒有蒼茫的感覺。

現在最後的決定，還是奇連．伊士活，看他怎麼脫光衣服演床上戲。

女主角已內定是梅麗．史翠普。許多膚淺的香港女演員都當她是女神，但我從來不覺得她性感，而且演起戲來拼命地「演」，不肯去演繹角色和重現生活。

書中的法蘭卻絲嘉是個意大利人，一位知識分子，史翠普扮意大利人，口音一定學得像，但絕對演不出意大利人的素質。

化妝品廣告和《藍色夜合花》的伊莎白．羅西里尼的確是最佳人選。年齡適合，本身是意大利人，大導演羅西里尼家庭培養出來的氣質，加上永垂不朽的母親英格烈·褒曼，還有甚麼話說？而且，裸體戲對她來講絕對沒有問題。史翠普要脱衣，導演也會迫她用替身。

但是，美國製片家，一定堅持用美國人來演，觀念停留在改編賽珍珠原作，用美國人演中國人的時代，我看最後還是史翠普吧。

可憐的伊莎白，至少她有機會扮一下法蘭卻絲嘉的角色，過一過癮，那只是用了她的聲音。

最近一次到日本，在Jena書店的架子上看到了《麥迪遜郡的橋》的錄音書，即刻買回來聽，由伊莎白讀法蘭卻絲嘉的對白，精彩絕倫，自然地帶着一點點的意大利腔，英語發音卻非常準確，好聽。據説她最後唸給子女的那封信時，原作者也淌下了眼淚。

聲帶中演繹羅拔·清溪的是《甘地傳》裏得金像獎的賓·金斯理，聲線是一流的，但我一面聽書，一面必須拼命地把那個阿差形象抹去，非常辛苦。

錄音書的第一人稱，由作者本人羅拔·華拉唸出，他沒有難聽的美國腔，感情當然是豐富的、熟練的。不過我覺得由賓·金斯理敘述故事，作者讀讀羅拔·清溪的對白，會更理想。

看過華拉的電視訪問，錄音書背後也有他的一張照片，是羅拔．清溪的寫照，長長的披額灰髮，有點發銀。書中主人翁，有不少是自己。五十多歲的華拉，來演電影的男主角，未嘗不可，但是荷里活要的是票房上的保證。

錄音書共長四個小時，分四餅帶子，全書照收，製作也不偷工減料，雖然只有一兩句對白的配角，也用大牌來灌錄。除賓．金斯理和伊莎白．羅西里尼之外，Barbara Bust 演清溪的母親、John Ritter 飾丈夫、Melissa Gilbert 演女兒、Bruce Boxleitner 演兒子，名導演 Car1Reiner 演《國家地理雜誌》的編輯，英國莎士比亞劇團出身的名演員 Michael York 演律師樓的負責人。

最突出的是爵士樂手的黑人 Curtis Mayfield，本身是著名的音樂製作人，他的沉重和悲慘的聲音，把羅拔．清溪的晚年娓娓道來，聽了連大男人也流淚。

錄音帶由 Doyce Audio 製作，賣得並不便宜，合港幣三四百元。

這個價錢去聽一本書值不值得？

原著本身一兩天便可以看完的，但是現代人忙碌，連這種時間也花不起的話，就聽書好了。利用上班時間，等人片刻，盡量充份地利用卡式帶子，我聽這本書的時候，身邊走過的年輕人總以異詫的眼光看着我，好像心中在說：「這麼老了，還聽 Walkman。」

但是，我不介意。

不看書，的確如古人所說：言語無味。就算是暢銷流行小說，也能得益。

麥迪遜郡已成為旅遊勝地，日本人組織旅行團去遊覽。小說中有一段女主角把一張字條釘在橋頭的情節，遊客紛紛仿效，都希望在麥迪遜郡的橋樑旁邊，找到他們的羅拔．清溪和法蘭卻絲嘉。

重看《黃昏之戀》

生日那天，拿出《黃昏之戀》（Love in the Afternoon）的DVD出來，獨自欣賞。沒有甚麼比重看一部老片更快樂了，帶來的回憶和歡笑，是從其他媒體得不到的。

柯德莉·夏萍和父親相依為命，住在巴黎。父親由著名的法國演員莫利士·芝華烈扮演，是個私家偵探，正在為X先生偵查他老婆的外遇。

對象是個美國的中年花花公子，由加利·古栢飾演。芝華烈有古栢一個很厚的檔案，都是他在全世界亂滾的剪報，他感嘆：「對我們這一行的人來說，不研究這個花花公子，等於藝術學生不認識畢加索。」

X先生來訪，拿了一管手槍，說要到麗池酒店把古栢殺死。少女的好奇心和正義感使夏萍不得不跑去通風報信，在房間內她代替了情婦，躺在古栢懷裏，X先生衝門而入，發現認錯了人。

古栢對這個突然而來的少女感到深深的迷惑，夏萍也被這個中年人的風度吸引，一步步踏入愛情。

為了掩飾自己的身份，夏萍向古栢說自己也是一個女玩家，把她父親檔案中的風流人物都搬出來當追求者，古栢聽了又恨又癢。

分開又重逢，古栢為愛情煩惱。最後在桑拿浴室中遇到X先生，他說巴黎有個出名的私家偵探，能解決問題。

古栢把事情告訴了芝華烈，他當然馬上知道是自己女兒情竇初開，向古栢說：「她只是一條小魚，把牠丟回大海吧！」

正決定離開，夏萍送古栢到火車站，從他的口吻，知道大家不會再見面，她一邊裝出若無其事，一邊悲哀，追着開動的火車。古栢看得心痛，把她抱了上來，劇終。

這是一部在一九五七年拍的黑白片，由Billy Wilder導演，也是和劇作人I. A. L. Diamond合作的第一部片子。兩人從此拍檔，拍出《熱情如火》和《桃色公寓》等不朽之作。

Diamond的劇本永遠是天衣無縫的，每一個角色，每一句對白都和劇情扣得緊緊地前後呼應。沒有人會忘記《熱情如火》中扮女人的積．林蒙給大鼻子老頭追求，甚麼藉口都說完，老頭不介意，最後只有承認自己是男人，老頭回答「沒有人是完美的」那句對白。

是不是因為自己老了，所以才那麼愛看老片呢？拍得那麼地幽雅高貴，像個彬彬少年，當今的電影和它們一比，像個淪為街頭的流浪漢。

看過此片的人也許會忘記許多細節，但是絕對忘不了那首纏綿的主題曲《迷惑》（Fascination），由 **F. D. Marchetti** 和 **Manrice de Féraudy** 作曲。

戲中的中年花花公子去到哪裏就把一支四人樂隊帶到哪裏，他們先演奏匈牙利舞曲等等節奏很快的音樂，之後就進入以小提琴為主的《迷惑》，這是男主角向女子們下手的一刻，永不失敗。

但被愛情迷惑，花花公子到桑拿浴室中沖掉宿醉時，四人樂隊也追隨着拉主題曲，最後還把小提琴中的水倒了出來，也是這首《迷惑》。

《迷惑》曾由納．京高主唱，成為五十年代末最流行的一首歌，至今還在許多高雅的地方聽得到。

夏萍是位天生的演員，第一部戲《金枝玉葉》中已得最佳女主角金像獎。一向認為她演喜劇好過演嚴肅的電影，一點也不過火。在此片中她是一個音樂學生，抱着大提琴到處走的形象，被後來的電影抄襲了又抄襲。她又高又瘦，男主角不知道她叫甚麼名字，儘管叫她瘦女郎。

芝華烈年輕時也做過小生，能歌善舞，後來的許多荷里活片中他都演父親的角色，演技永遠是那麼完善，帶着法國腔講英語對白，令人難忘。

演X先生的是一位叫John McGiver的性格演員，這是他第二部戲，也是個天生的演戲人才，一張面孔一出現就惹笑，後來也在多部喜劇裏出現過。

最不稱職的應該是演花花公子的加利．古柏了。他曾經主演過上百部電影，演的多數是西部英雄，表情不多，在《High Noon》那部戲中演的警長，更洗脱不了牛仔和硬漢形象。大概是當年導演想找另一位加利，羅曼蒂克小生加利．格蘭沒有期，才選中了他。

在道德觀念很重的一九五七年，《黃昏之戀》是一部絕不道德的電影，男主角到處和不同的女人睡覺，是不能為衞道者接受的。但編劇和導演很聰明，戲一開始就說在巴黎鳥也做愛，人也做愛，有的在晚上，有的在黃昏，把舞台從衞道的美國拉開，性這一回事就能輕描淡寫。

男女主角深吻為止，下面的鏡頭是女的已在化妝室裏照鏡子戴耳環。另一場戲中女主角臨走之前找不到鞋子，和男主角兩人鑽到桌子下耳鬢廝磨，不是瘋狂的愛的結果嗎？留下的溫馨的印象，總比兩個人裸體躺在牀上好得多。

此片的錄影帶一直沒出現過，DVD 也難找，感謝一位讀者為我寄來。各位可上網到 www.warnervideo.com 購買。

明年生日，再重看《黃昏之戀》。

《Vatel》

過年前，黎太太送我一張DVD，片名叫《Vatel》。

很多好電影不一定能在香港上映，《Vatel》就是其中之一。如果只是一部演職員都籍籍無名的低成本戲，也許情有可原，但導演是《The Killing Field》、《The Mission》的Roland Joffé。男主角為法國最重要的演員Gérard Depardieu，女主角是美國的Uma Thurman呀！

現在先讓我把故事講給大家聽：

一六七一年，片子一開始，是一封路易十四的臣子盧山寫給太子的信：「我皇接受你的邀請，來鄉下住三天，過一過所謂的平凡簡樸的生活；換句話說，請你安排得有多豪華是多豪華，有多奢侈是多奢侈！」

第一天，太子的管家兼總廚Vatel維替爾忙得團團亂轉，他的任務是一面讓路易十四在這三天之中高興，一面要應付整個地區的債主。他向債主們說：「皇帝不借錢給太子，你們也不必希望太子會還錢給你們。」

大家同意，把宴會搞得盡善盡美，所有最精美的食物都安排好，邊吃邊看佈景的棕櫚樹長出來，象徵陽光來到，因為路易十四以太陽之子自居。

問題來了。皇帝的弟弟是個同性戀者，看中了廚房中一個小孩，但維替爾拒絕把兒童交出來，得罪了他。

皇太后的隨從安妮是位絕色佳人，皇帝看中了，派盧山去説晚上要到她房間。盧山本人也想佔有安妮，但被她拒絕。

盧山為了討好安妮，吩咐維替爾送甜品。維替爾心有不甘，用糖膠模仿了水果交貨。

自己的那一份禮物是吹成玻璃花瓶及蜜糖的花朵。安妮知道維替爾對她表示的愛意，但當天晚上，她還是屈服於皇帝的淫威。

第二天，宴會的佈景是一隻大鯨魚出海，水池和餐桌上放煙花，唱歌的天使由天而降。但是罩着蠟燭的玻璃從巴黎運來時打破。維替爾靈機一觸，把小蜜瓜挖空當燈罩，皇帝也嘆為觀止。路易十四即刻召見這位天才的管家，不過維替爾的同事為了這場表演而喪了命，又忙着準備第三天的宴會，沒去見皇帝。

奸臣盧山本來想添油加醋害維替爾，但給皇帝的弟弟阻擋了，他佩服維替爾有勇氣抗拒他。

飯後皇帝和太子打牌，賭注是要把維替爾帶到凡爾賽宮去，太子為了還債，也只有把維替爾雙手送上。

盧山懷恨在心，派兇手暗殺維替爾，但被皇帝弟弟的一群隨從救了一命。驚魂甫定回到房間時，維替爾發現安妮在等他，互相擁抱。

半夜，皇帝找不到安妮，她才驚慌地穿回衣服。維替爾要把她留下，安妮憤怒指責維替爾根本看不出整個宮廷的荒淫無恥和勾心鬥角，又罵維替爾以為忠心於主人，但最後也要被王子當成一隻狗那麼交換給皇帝。

安妮回到房間，盧山已在外面等她，暗示如果不和他睡覺，那就暴露整件事，維替爾和她都沒命。安妮只有忍着淚，走進盧山的房間。

第三天，一切準備就緒，庭院中佈滿冰雕，今日的歡宴以海鮮為主題，但是運來的只有寥寥數尾魚蝦，前一晚颳大風，漁船出不了海。

人算不如天算，維替爾知道大勢已去。去凡爾賽宮當御廚只是虛名，又被主人背叛，自己愛的人不能共老，生活有甚麼意義？

維替爾也可以像安妮一樣屈服，但他還有一個選擇，那就是死。吃過一頓龍蝦早餐之後，他把毒酒喝下去。

留給安妮一封信中，他勸她放棄浮華，家鄉的櫻桃還是那麼甜美。安妮痛哭，最後離開了皇帝，獨自踏上歸路。

導演 Roland Joffé 的魄力，在他拍《The Mission》的瀑布那場戲中深深感到，他像一個苦行僧，非把一切拍得完美不可，皇帝的餐桌上到底吃的甚麼東西，一點一滴重現，服裝道具佈景都像一張波斯地毯那樣痛苦地編織出來。故事雖然是吃吃喝喝，但主題很明顯：人，可不可以有選擇？能不能不隨波逐流？

《Vatel》這部電影就像男主角一樣，把片子拍得盡善盡美，但一點荷里活式的味道都沒有。可以討好觀眾的戲都刪得精光。如果是美國人投資，一定要有一個荷里活結局：男主角不能死，改成和安妮私奔吧！製片人命令。

在一個訪問中，導演説：「我聽過一個很有名的廚師的故事。他事業很成功，有一天忽然失蹤了，十年後人家在街頭找到他，已變成酒鬼一個。他說：大家都不明白要討好別人，是多麼痛苦的一件事！」

維替爾是這種悲劇人物，導演也是這種悲劇人物。他本來在《The Killing

Fields》和《The Mission》之後可以平步青雲，像維替爾進入凡爾賽宮，但他選擇拍攝這一類自殺式的影片。美國上映了，劣評如潮，票房當然失敗。在台灣，片名可笑地譯為《烈愛灼身》。香港連上都沒得上，大家有興趣的話，可在網上買到DVD。當今要買任何電影的錄影帶或光碟，只要在 Google 或 Yahoo 輸入片名，即有資料可尋。

《Moulin Rouge》

《Moulin Rouge》香港譯名為《情陷紅磨坊》，我不知道其他地方叫甚麼名字。這都不重要，我們還是用原名的簡寫《M.R.》稱之吧。

這部風靡全世界影迷和影評家的澳洲電影，你的印象如何？你認為拍得好嗎？你是否沉醉在它的音樂和舞蹈之中？你覺得天下最偉大的事是學會愛人和被愛嗎？

我告訴你我的意見吧。我覺得這部電影俗氣沖天，需要很大的勇氣，才能看完它。天下最偉大的事，是學會愛人和被愛，這和說媽媽是女人，有甚麼兩樣？

並不是故意標新立異，我有我不喜歡此片的理由。我認為它很多地方都是熟口熟面，似曾相識的。作為一部歌舞片，它用了很多別人的曲子，一開始，就來一首《The Sound of Music》，瑪麗蓮夢露唱過的歌，甚至麥當娜的和披頭四的，都派上用場，主題的那首天下最偉大的事，也變得不像是原創的。愛人和被愛最偉大的那種陳腔濫調，重複又重複，實在令人毛骨悚然，只有智商很平凡的人，才會欣賞。

整部片子在攝影棚中拍攝，一點外景的空間也沒有，悶得發昏。這種手法哥普拉在十幾年前已經用過，模型加特技，已不是新的玩意。從一個巴黎遠景一直推到紅磨坊之中，或者相反地拉出來，一兩次已經足夠，但是無數次的運用，特技變技窮。

故事發生在巴黎，但是一點歐洲氣氛也沒拍到，永遠是悉尼的霍士片廠。紅磨坊的舞台，可以發生在任何一個地方。演員更像澳洲佬居多。

女主角 Nicole Kidman 的演技值得拿金像獎嗎？特寫一多，俗不可耐，鼻子尖得要插死人。說是歌舞片，她跳舞的場面不多，坐在鞦韆上蕩來蕩去，是不費力的。難能可貴的倒是歌自己唱，而且唱得不錯。

男主角也賣力，但也絕對不是一個太難演的角色。

故事更像從前看過吧？當然啦，抄《茶花女》嘛。

導演 Baz Luhrmann 有很強烈的節奏感，他的第一部電影《Strictly Ballroom》把功夫片加在舞蹈比賽裏面。第二部電影《Romeo + Juliet》，把舞台由古代搬到現代，但是對白照用莎士比亞的原文，算是創新。這是他第三部戲，一貫很剛強，寫情的溫柔，看來不是很拿手。恣意的將新和舊揉在一起，是他的看家本領，但看起來，也是不新不舊。

你會留下甚麼印象？也許是講妒忌的那場探戈戲拍得壯觀吧？但探戈又和法國紅磨坊扯上甚麼關係呢？他的肯肯舞，像流氓街頭戰；他的陽台、天空、月亮，像史匹堡製作公司 Dreamwork 的商標。

我買了 DVD 珍藏版，為了是研究那兩個半鐘頭的製作過程，看看導演和工作人員在幕後為此片帶來甚麼新意，但是和幕前一樣地失望。

我這麼批評一部電影，也許是有很深的偏見，我這偏見來自一部也叫《Moulin Rouge》的電影。

本來，就是兩部完全不同故事的戲，不能相提並論，但是潛意識中，此片導演想和它爭一長短，所以連短腳的畫家 Toulouse 也扯了進去，但把他當成一個小丑人物看待，這才讓我生氣起來。

舊《M. R.》是以畫家 Toulouse-Lautrec 為主人翁，寫他從貴族家庭出走，在巴黎流浪，愛上的人因為自己身體殘缺而不敢愛，沉迷在紅磨坊，喝酒喝到死為止。

Toulouse-Lautrec 的畫至今還是各國博物館爭取不到的作品，他的畫代表了巴黎的一個時代，為紅磨坊畫的海報當年只是宣傳品，藝術性之高，到現在還是沒有第二個人能夠模仿得到。

電影的人物根據畫的眾生相貌：蒼白臉孔的肯肯舞孃，下巴極長的司儀等等，都活生生重現。Toulouse-Lautrec 臨終之前，回憶這些人一個個在他病榻周圍跳舞，意境之高，和新片相比，是另一層次。

導演為 John Huston，他本人的愛爾蘭文學修養極深，也會繪畫，拍《The Treasure of the Sierra Madre》得金像獎。

當年的荷里活導演，像 Vincente Minnelli 等，都熱愛巴黎，拍的雖是娛樂片，但很熟悉歐洲歷史，作品絕不含糊，皆能將法國各種年代的背景很忠實描述，看不出有甚麼米高梅或華納片廠的痕跡來。

主題曲當然也是原創的，那首《Where is Your Heart?》至今還陰魂不散地纏在我腦中。

看了舊《M. R.》，你會愛上巴黎，你會踏上研究 Toulouse-Lautrec 繪畫的道路，增加你文化修養的東西太多了；新《M. R.》，能帶給你甚麼？

片子拍在一九五二年，距離新的二〇〇一年，一共是四十九年。四十九年來，電影導演難道只能在鐵塔模型上要花樣罷了？

文化的漸滅，令到一般觀眾的水準降低，這沒話説，但是作為一個影評人，不看從前的片子，就像作家不看古典文學一樣幼稚。冷觀一些鏡頭糊塗、擺動不停的所謂當代大師導演的作品，被今天的影評人捧上天去，又滑稽又可悲。這些手法，早在三十多年前已經實驗後遺棄的，影評人看後驚為天人，真是愚蠢不堪。

和食物一樣，我並不是特別懂得吃，我能分辨出電影的好壞，是我會比較，我看過更好的。

《無間道》

毫無疑問，《無間道》是近年來港產片中拍得最好的一部，又賣座又好評，實在是非常不容易。

要説的只是一些小疵，對片子無傷大雅。

意識上要加前傳，所以用了兩位受歡迎的歌星去扮演梁朝偉和劉德華年輕時候的角色。

但是梁朝偉和劉德華年紀雖然較大，但駐顏有術，青春長駐，不覺得老；余文樂和陳冠希年紀輕輕，卻較老成，所以變得兩組人的年齡分別並不很大。

熟悉這四位演員的東方觀眾更是覺得年輕和長成時不像，就算從未見過他們的西方觀眾，也看不出兩組人有甚麼關連。到後來還是知道是怎麼一回兒事，但片子的開頭是混淆不清的。單單靠彈手指打摩斯暗號的習慣，還是無法自圓其説。

我們不可能向西方觀眾解釋，難道要打字幕説為了拍前傳，不得不這麼做？

就算是警察訓練期間人數眾多，從這兩個年輕的角色中互望的鏡頭看來，後來他們在音響店裏碰頭，也不可能不認得對方是誰，尤其是強調觀察力和記憶力極深的余文樂身上，不會發生。

片子之中，有一場戲是劉德華和梁朝偉在戲院裏碰見對方，竟然也當做沒有這一回兒事，說服力不強。交代一下梁朝偉一見到劉德華，即刻把身子從座位縮下，還是親切的。

為了包裝明星鼎盛陣容，用鄭秀文當劉德華的女朋友，陳慧琳是心理醫生，都情有可原。但大牌客串，總要給他們一場留下深刻印象的戲，或者要和交代整體的故事有關。舉個例，像鄭秀文的身份是個小說家，為了寫一個臥底的人而拼命問劉德華，這麼一來，兩人都有戲；談愛情小說，就浪費了。

心理醫生無端端愛上梁朝偉，說不過去，如果能加上「我看過那麼多的病人，從來沒有遇到一個像你那麼寂寞孤獨的」之類的對白，也許是她擁抱他的原因。這場戲，心理醫生採取主動較佳。梁朝偉向她表明愛意，不適合他沉默寡言的個性，變得輕浮。

其實把篇幅發展在舊女友蕭亞軒身上更好，梁朝偉的角色永遠見不得光，雖然知道女兒是自己的骨肉，也只能在學校的一個角落偷看，更強調了角色的悲劇性。像他暗中向出殯的上司許金峰敬禮一樣，這段戲也沒交代清楚，要是在考驗余文樂的智力那一場戲中，強調這位上司背後幫忙，或人前賞識，那個敬禮，就敬得有力量了。

配角方面，曾志偉的演技當然是爐火純青，發揮自如，不過到底他在電視搞笑形象太過深入民心，不很着數。這不要緊，只要給他戲就是，片中的狡猾是足夠的，但不兇殘；羅拔迪尼路演反派時，開會開到一半，忽然跳起來用球棒扑死一個反對他的人，就令觀眾即刻對他生畏。雖然目前已不流行畫面內的暴力，但如果加一些畫面外的給曾志偉，總有幫助。

大家都說黃秋生演得好，我不同意。黃秋生是個好演員，這是肯定的。片子中他出現的場數很多，給他發揮的戲卻很少；留給觀眾最強烈的印象，是他從樓下摔死在車頂上，這不需要太多的演技，除了瞪大着眼作死不瞑目狀。眾人讚這個鏡頭拍得好，內行人看來，還是不夠黎明在《三更》中被車撞死的鏡頭拍得震撼，它清清楚楚看到黎明被撞，飛了起來，再跌到車頂上才落地，毫無破綻一個鏡頭直落，技巧及魄力一流。

配角之中，最出色的毫無疑問是傻強。導演安排他在逃亡之中，首先在鼻子上出現血跡，再說明他身受重傷的過程也極高明。角色的成功是編劇的功力，這人物傻得可愛，不管是忠是奸。

但是身邊的朋友很多看不出來，凡是看過此片的人我都問他們：「傻強到底是不是臥底？」

大多數的答案是肯定的。是的，傻強是臥底。

怎麼可能？那麼清楚說明，還說傻強是臥底？或者是後來梁朝偉向曾志偉報告時的對白引起，也許是新聞廣播時的混亂，但應該是看得出吧？

反觀兩位主角的演出並不理想，至少內心恐懼的戲，導演和演員都沒有着力表現。攝影方面，除了交代劇情之外。也在夕陽和日出中帶點詩意來點綴故事的硬朗，但沖印實在太差，畫面不夠清透。當今連韓國片的沖印技術也那麼高了，香港方面追不上真是羞恥，要是把片子拿去日本的 Imagica，絕對漂亮得多。

全部電影還有一個大毛病，大多數觀眾不察覺；不影響劇情，也就算了。毛病出在哪裏？黑幫的大毒梟來自泰國，賣的竟然不是海洛英而是可卡因。可卡因的話，泰國人自己也要輸入，哪會買來到香港轉賣？

結局有兩個，某些國家的版本是劉德華被逮捕，香港相反。港人也有的批評這不是鼓勵觀眾當壞人嗎？哈哈哈哈！讓反派活在無間地獄中，豈非更強烈的控訴？而且單單看一部兩個鐘頭的電影就能影響人生，整天的教育制度不是完全的失敗？太低估觀眾的智慧了。

《2046》

在七六〇期《壹週刊》的一篇訪問中，王家衛告訴記者：「……香港人說的方言跟上海不一樣，我不能和本地人談話，也未能交上朋友；母親也是一樣，她常帶我去看電影，因為電影裏有些東西是不用語言就能明白的……」

王家衛當年看到的電影，的確是不用語言就能明白，但是現在看王家衛電影，用你熟悉的方言，加上旁白和字幕，每一句你都聽得懂，戲講些甚麼，你不懂就不懂，王家衛也沒預料你會懂。你懂不懂是你的事，導演自己懂就行。

在電影院裏看完整部二個多鐘頭的戲，觀眾起身後大罵：「他媽的莫名其妙。」

我認為不應該罵，要不你就別來看；既然來了，看不懂就吞下去好了。

真正看不懂嗎？也沒那麼深奧。這是王家衛的一首愛情詩，詩人的作品講的是意識，並不要求讀者了解；詩人只要把自己感受到的用文字表達出來就是，而身為電影導演的王家衛的詩，用鏡頭交代罷了。

而且他的愛情觀感一點也不複雜，甚至於有點老套，他說：「愛情也是有時間的，如果早一點或晚一點遇上，結果都不會一樣。」

古人的「恨不相逢未嫁時」不就簡單地代表一切？

大概一開始的時候，王家衛只是想用一個2046的房間說幾段不同時光的故事，所以出現了六十年代和未來的世界；後來發現這說故事的方式過於平凡，剪掉了又可惜，就發展成未來的部份是小說家的幻想吧？

王家衛又說：「我當然不是最後一刻才知道自己要甚麼，中間時刻不全是因為不了解，有時候是感覺不對，不一樣了。」

好一個感覺不對，不一樣！一不對不一樣，即刻重拍。五年了，堆積如山的不是一塊錢買到的稿紙，而是數十萬呎的菲林、工作人員的精力、演員們的忍耐、投資者的血汗。

佩服王家衛，不是他表現的電影手法；意識流片子早在六十年代的新浪潮已出現，看不懂是你的事不是王家衛首創的。《重慶森林》中的鏡頭搖蕩追逐戲也在當年屢見不鮮。年輕的影評人懶惰，沒看過，驚為天人而已。

佩服的是王家衛的催眠術，他簡直是個魔術師，天下的大電影公司都為他着迷，拿錢投入無底洞地不斷注入，像開了一家餐廳，中途不再注資就要關閉，怕血本無歸，一再掏空腰包讓王家衛拍下去。

演員為了一部得獎戲和在國際影展出風頭，願意以部頭簽約不加錢，拖了五年也沒甚麼話說。只有劉嘉玲最可愛，受不了還敢發點牢騷，其他的故作強笑，說值得值得。

劉嘉玲的抱怨沒錯，她那個角色和劇情拉不上關係，一下子扮交際花一下子做機器人，但都可有可無，而且形象被拍得老態龍鍾，真是倒楣。

張震的幾個鏡頭更是無關痛癢，大概剪大陸版時他的戲份會增多吧？五年來的拍攝，每一個演員都有一兩段被刪剪的嘛，拾回來就是。

本來一兩個大牌就可以支持一部賣座的片子，但王家衛用了梁朝偉、張曼玉、鞏俐、王菲、章子怡、張震、劉嘉玲包裝，還加了一個木村拓哉應付日本市場，哪有不賺錢的道理。投資者一開始已乖乖入甕，怎樣也跑不出來。

電影，其實不應該是拍給一兩個地區的人看，而是全球都有觀眾才對，一些片子，像張藝謀的《英雄》和《十面埋伏》，在東方被評得一文不值，但在美國上映照受歡迎，也等於在說我們有偏見。且看《2046》在國際的反應如何。

王家衛說：「這算是國際上最高標準的電影。」

以一個國際觀眾來看這部電影，是的，導演手法、攝影技巧、美術服裝道具和配音，都有相當的水準，但意識流的說故事方法，到底只是局限於藝術界的Art House觀眾，投資者要收回成本，是個遙遠的夢。

最幸福的應該是導演本人吧？還有他身邊的那群工作人員。五年來，一直支領着報酬，無憂無慮，反正你們是願者上鈎。和你看不懂是你的事一樣，你死你的事，只要對得起藝術良心就是；但對得起做人的良心嗎？

王家衛又說：「……也是我真正滿意的電影，對我個人而言，是我做到了。」

我們還是不是活在一將功成萬骨枯的戰國年代呢？

這也許是王家衛的《八部半》吧？四十多年前費里尼首創的意識流表現法，是令人震撼的，如今故技重施，當然也有影評人說：「你看不懂，我看得懂！」但是，《八部半》我們早看過，《2046》絕對不是甚麼新奇的。

以我個人感受，我還是頗喜歡這部片子的。六十年代的人物我很熟悉，包括《二世祖手記》作者楊天成式的那類文藝青年，流落成三毫子小說作家的憂鬱及無奈。愛電影的人，總會接受所有表現手法，包括王家衛的。此片至少沒有《東邪西毒》那麼一塌糊塗。

描寫梁朝偉和章子怡的感情，是全片最為完整的一段。獨立起來，已經是一部很好的電影，但王家衛絕對不甘於此，多完美的結構也要弄到支離破碎為止。另一段和王菲的戲也不完整描述，其實把鞏俐的戲着墨，用傳統的手法來處理，也不失個人風格呀！電影史上的愛情經典，有哪一部是讓人摸不着頭腦的？一百年後，也不會有吧？

《英雄》

張藝謀的《英雄》，看過的人有種種意見，綜合起來，劣評較多。

此片一直聽説，從不曝光，後來在《時代週刊》中看到的幾幅劇照，魄力攝人，美得交關，得到第一印象。

在人民大會堂做首映，我想先睹為快，可惜無此機會，等到上映了又俗事纏身，只有聽朋友的觀感。

「故事交代得不清楚。」阿甲説。

「武打場面太玄虛。」阿乙説。

「只是一味地唯美，顏色鮮艷而已。」阿丙説。

最要命的是阿丁説：「簡直在歌頌共產黨嘛！」

電影，有許多角度來觀賞，哪一種最正確？你認為對的就最正確。

終於看了。我是一個電影工作者，明白製作的甘辛，也分得清楚甚麼是藝術片和甚麼是商業電影。至於好看與否，完全是個人喜惡，沒有標準。低劣得再也不能更低劣的製作，有時因為一群想標新立異的影評人吹捧，成為經典的也不少，惟有一笑置之。

我們看荷里活片子長大，美國片的市場也是全世界最大的，藝術片不談，以《北非諜影》等雅俗共賞的角度來看電影，算是公正的吧。

首先，作為一個西方觀眾（也不能說是西方，算世界觀眾吧），《英雄》的故事，交代得是十分清楚的。

還沒有看此片之前，我曾經擔心：一部由小人物發展為大時代的戲容易討好，但一個由歷史巨篇縮小的故事，拍起來相當吃力。

但是張藝謀功力到家，兩方面都照顧得好，他的戰爭場面很明顯地意識到黑澤明的《亂》，但是拍得更為壯觀，他的描寫的情和義，也不拖泥帶水。

故事的敘述雖然也有點《羅生門》，以色調來美化，沒有甚麼不對。不像《羅生門》的，是它有一個明顯的答案，誰對誰錯，講得太過清楚。

中國武俠片中，導演常缺少交代的鏡頭，對動作拍得不合乎現實，完全忽視了力學的可能，被譏笑為玄虛。後來荷里活抄了，加入科幻的因素，才被觀眾接受。

這一點李安最明白，在《臥虎藏龍》中拍出的動作都是有根有據，先說服觀眾，再拍竹林決鬥，雖有點飄忽，也被美感沖淡，受落了。

張藝謀處理的武打，同樣是以劍點水借力，才能飛躍，對一個世界觀眾，不覺誇張。

唯美的攝影，沒有甚麼不對，好看總比陰沉佳。只是拍得太多，略嫌拖累。張曼玉和梁朝偉之間打得重複，最後一場的決鬥就顯得無力了。兩人刺秦，殺那麼多人在西方觀眾來講說服力弱，暗場交代反而討好。雙雄在湖上的打鬥其實可以盡可能縮短，但畫面實在太美，導演捨不得剪。高手過招，一下決勝負，這一點黑澤明看得較通。

至於最富爭論歌頌秦王，對一個世界觀眾來講，並不是一個問題。

張藝謀選了一個刺秦的故事，最難處理了。

刺客的壯烈，可歌可泣，但歷史不能改變。刺客都失敗了，而拍失敗了的英雄，只是一個平面的故事，張藝謀想更深地挖它一層，沒有錯，他也不一定是想借題發揮，別那麼單純地批評他。

問題出在西方觀眾對秦始皇的理解並不夠深，他是個暴君嗎？那麼片子應該以屍體堆積如山開始，張曼玉的角色看了，才那麼仇深似海。

他是一個好皇帝嗎？不是最後的一個長城遠景可以說明的呀。天下？天下又如何？統一怎麼帶來和平？沒有形象的話，外國觀眾還是不受感染的。

張藝謀在記者發佈會上說：「觀眾會將《英雄》和《臥虎藏龍》比較。李安是南方人，他拍的東西細膩，我拍的氣派壯大，是不同的。」

言下之意，李安小裏小氣。但是我並不覺得，我認為李安熟悉西方，他拍的戲在武打方面來說，在講情方面來說，是一股清新的東方味道，頗受西方認同。兩部戲比較，很對不起張藝謀說一句，還是喜歡李安的，也許我也是小裏小氣的南方人的關係吧。

演員方面，梁朝偉的俠氣並沒有篇幅讓他發揮，張曼玉的愛和仇，也比較模糊；張藝謀拍章子怡，並不如李安拍得美，但這也不公平，李安那部戲的劇本完全為了章子怡這個角色建立的，任何較有氣質的女演員，都能成功。

當然最出色的是演秦王的陳道明了。據說張藝謀本來要找姜文來演的，因為他沒有空才找到陳道明，我認為姜文演起來，也不一定比陳道明稱職。

總括一句《英雄》是絕對值得看的電影，中國武俠片數一數二的代表作，我說的只不過是一些小疵，整部片子還是很成功的。也許你可以説黑澤明的史詩式電影藝術性較高，但在可觀性和畫面的魄力，《英雄》毫不遜色，日本觀眾看了也會感嘆現在他們拍不出這樣的電影。

片子能不能在美國上映時比《臥虎藏龍》賣座，很難説，如果還有機會刪剪和加以歷史及人物背景的説明，對票房可能有幫助。

作為一個不懂得古今歷史的外國觀眾，尤其是荷里活式的觀眾來看，最後秦王把無名放了，才是合情合理。這是張藝謀最不了解西方觀眾的地方。

《赤壁》

拍歷史著作，一定會給人家罵的。

電影與文學是兩個完全不同的媒體，原著不照編劇改的來拍，是不行的。不懂的人，總有一個幻覺，以為兩者是同一件事。

吳宇森導演的《赤壁》，是他心目中的《赤壁》，與《三國》無關。

小的時候，問父母：「《三國志》和《三國演義》有甚麼不同？」

「一個是講歷史；一個是文學創作，有點像坐在樹下老先生講的故事。」

若考證歷史，羅貫中的《演義》，絕對不忠實；而且，歷史本身，也是「勝者為王」之下的史蹟，真正發生過甚麼事，不是太有憑據的。

評論《赤壁》，只有兩派，一派說吳宇森亂改人物和故事；一派說好看就是，管他娘的。

蔣芸在《蘋果日報》的文章，屬於前者。左丁山剪下，傳給他在日本留學的兒子看，左公子回答說：「《赤壁》是拍給美國人看的呀！這部戲的製作費，不能靠中國觀眾回本。」

拍給美國人看只是一個代號，其實是拍給世界市場看，那裏的觀眾絕對沒有讀過《三國志》或《三國演義》，他們是來看吳宇森的最新作品。

好。就算吳宇森犯了竄改原著的滔天大罪，外國人沒看過，中國人總讀過《三國》吧？

不，不，不。這是我們已經七老八老這輩人的話。是的，我們這一輩都讀過，我們覺得吳宇森不忠於原著。但是，我們這一輩的，佔了中國人口多少？

年輕人只聽過《三國》，也知道有劉備、張飛和關公這三個人，誰去細讀原著？我聽過年輕人在抱怨：「金庸作品是古文！」

若是古文，那麼《三國》是孔子的詩歌了，有誰看得懂？

《赤壁》在大陸大賣特賣，票房紀錄創歷史新高，那代表了甚麼？代表觀眾罵不忠於原著？

《魔戒》一書，拍成電影後，改動的更多，沒看過原著的中國觀眾，會抱怨嗎？

到最後，還是「這部電影好看嗎？」的一句話，如果連這一點也忘記了，你可以是一個很成功的書蟲，但你沒有資格成為一個電影觀眾。

《赤壁》好看嗎？很好看。

一開始就把故事說得清清楚楚，曹操挾天子令諸侯，攻打劉備。這帶出劉備身邊的人物來，諸葛孔明就出現了。

「太年輕了吧？」自以為讀過《三國》的人說。

其實吳宇森這點才忠於原著，劉備三顧茅廬時，原著說得再明白也沒有，孔明當年才二十八歲呀。

大多數反對的人不滿的，是孔明替馬匹接生來得到周瑜的信任。這一種改變，是使到外國觀眾喜歡孔明這個人物的要點，外國人最愛動物了。

編劇也不是說單單靠這件事就能說服周瑜，也不是因為互彈一曲而造成，他們老老實實地給了孔明一句對白，就是說周瑜本身，老早已經有了決定，只不過是從韻律中聽出他的決定而已。

鋪排孔明為馬匹接生，是鋪排這個人物甚麼都懂，用來解釋後來燒連環船時借東風的智慧。

許多女觀眾還討厭吳宇森用林志玲來當小喬。我並不覺得她難看。初見她的外國觀眾也不會抗拒；第一次上銀幕的林志玲沒有太突出的表現，但不至於說她演技生硬呀。台灣的知識分子，一位老教授，在病牀側邊也掛着一幅林志玲的大相片。

有人也說，曹操為了小喬這個人物而戰，像《木馬屠城記》的海倫一樣，吳宇森太過膚淺了。但是大多數的觀眾更加膚淺，對美國奥克哈馬州的人，用這一點來解釋給他們聽，才會明白；如果用曹操的霸權來解釋，他們又會想個半天的。

吳宇森完全不照顧中國觀眾嗎？也不見得，《赤壁》這一段，主要人物是周瑜和孔明，把劉備、張飛和關公保留下來，已算是親切了。尤其是關公的造型，完全出於經典，沒有改動，他騎不騎赤兔馬又有甚麼關係？連這一點都批評，未免小眉小眼。

至於戰爭場面，在電影歷史上只有寇比力克的《戰國群英會》拍得出「陣」來，其他的完全是一方衝前，一方抵擋，兩者廝殺罷了。吳宇森的《赤壁》，把八卦陣搬來，會令全球觀眾看得過癮的。

完全依照原著，拍出來一定沉重，片中加了孔明的幽默，趙薇演的孫尚香的調皮搗蛋，絕對符合娛樂因素的喜劇鋪排，我們又抱怨些甚麼呢？但是孫尚香的點穴，倒要花一番功夫才能說明給外國觀眾聽，不如在海外版剪掉吧。

在電影院看此片時，到了最後的請聽下回分解，觀眾的反應是：「那麼快就看完了這部戲？」沒有怪吳宇森把《赤壁》分為兩集，據說外國版本要剪為一集，我認為也不必要了。

在外國，影評家也許能主宰一部電影的生死，但在東方，我們沒有這種力量。讚美和咒罵完全不關痛癢，吳宇森可以不必去理會他們，片子賣錢就是了。

希望吳宇森別忘記在下集點題。《赤壁》英文名為 The Red Cliff，為何稱之？原來火燒連環船戰役中，周瑜站在高峰，見沖天火光把斷崖照耀得一片通紅，豪性大作，揮劍寫下「赤壁」二字。那種形象，最適合吳宇森作品。

《臥虎藏龍》

首先，我們必須尊敬《臥虎藏龍》的導演李安，他的確能將中國電影帶入另一個境界。

自從邵醉翁拍《火燒紅蓮寺》到粵語片的《黃飛鴻》片集，再進入邵氏電影無數武俠世界，中國電影的動作像美國歌舞片一樣，是經過數十年的嘗試和失敗才達到完美。

李安承繼了胡金銓和張徹的傳統，就好像他承繼了英國小說，把《理智與感情》拍得那麼得心應手，絕對是他個人對文學和電影的認識，明顯地表現他是一位溫文爾雅的知識分子。

這種人數十年才出現一個。

周潤發和楊紫瓊雖然掛名為男女主角，其實戲完全集中在章子怡一人身上。她簡直是導演所形容的：「是祖師爺賞飯吃」的演員，拍攝當年只有十九歲，天份高過一切，清新可喜。

像金庸先生的武俠小說，愛情還是最重要的一環，此片的飛簷走壁也不過是陪襯，真正受用的還是章子怡演的這個人物和她身邊人的感情。

能為世界觀眾愛戴的，也是表現年輕人的勇敢和犯錯的精神，尤其是大女人主義的美國人，看了無不讚好。

美中不足的也是在這個角色裏面，劇本並沒有將玉嬌龍的角色發揮出去。少女情懷，遇到像李慕白這樣的成熟男人，不會不愛上的；戲裏面只有最後在玉嬌龍中了碧眼狐狸的迷香後，才露出那麼一丁丁的愛意，實在可惜。

所有影評都是馬後炮，沒甚麼價值，但是如果能把玉嬌龍對李慕白的愛往深處挖，那麼周潤發就不會變成一個大茄喱啡了；楊紫瓊對這個年輕的敵人，不只用十八般武器，還要用感情的話，那麼她也不會變成另一個大茄喱啡了。

章子怡雖然是個大發現，但她始終不敢豁出去，在小虎的洞窰裏出浴的那場戲，應該裸身。如果不肯在那場戲作所謂的「犧牲」，也應該要求她在最後引誘李慕白時發揮少女最美麗的身段，這是戲的需要。說服她的時候可讓她看鄭佩佩的《大醉俠》和徐楓的《俠女》，讓她知道甚麼是年華的逝去，青春只不過是刹那間的事。

香港武師到荷里活去拍吊鋼線的戲，只局限於一些科幻式的片子，美國人是絕對不能接受現實生活中人會飛來飛去，這一點李安知道得清清楚楚，但是他大膽地採用了，硬逼人家愛上那些唯美的畫面，觀眾結果還是看得眼花繚亂地投降。

如果對觀眾親切一點，加以說明，我認為效果更佳。比方說利用管家那個角色，讓他腳穿鐵鞋，未見人先聞聲，就是一個處理方法。他是一個用來供應喜劇舒放的角色，像那場對打中成為障礙的戲，有鐵鞋這種解釋，西方觀眾對輕功的認識一定加深，對這人物的喜劇效果也加深。

本來管家和捕頭女兒的情戲劇本是想發展的，但礙於篇幅，沒有交代下去，這是電影製作中經常出現的毛病。既然要簡潔，就應該把這條線完全刪掉，留下捕頭女兒叫管家進屋子去的戲，變成沒頭沒尾。

另一個很大的毛病，出在那把青冥劍，已經給周潤發搶了回來，為甚麼一下子又變回在章子怡手中？

導演當然發現不妥，所以加了一場戲，交代那把劍留貝勒府，還叫貝勒爺說一句：「想拿就拿，想還就還」的對白，來暗示後來又被玉嬌龍偷去。

好，就算我們接受這個解釋，但是在周潤發獨自練劍，遇到楊紫瓊那場戲，為甚麼說暫時把劍留在身邊？而且楊紫瓊還說明知道周潤發用這把劍來殺死碧眼狐狸，為師父報仇的呢！把這些對白刪除，或乾脆犧牲這場戲，就不會自相矛盾。這也許是當局者迷，又如果我們知道導演每一個鏡頭都拍得那麼辛苦，絕對不肯放棄的心態，我們便能原諒導演的過失。

但是整體上戲是拍得那麼好，畫面是那麼幽美感人，以上所說的都是小疵；觀眾在看戲時是不會去管得那麼多，我們只是在寫影評時順帶一提罷了。

除了吊鋼線的武功不交代之外，導演把打鬥招術清清楚楚地拍了出來：許多從前見過，但說服力不強的拳腳，在李安手下變成都可以理解；對武器的介紹更是詳盡，像那對雙鈎，原來可以鈎起來變成鐵鞭等等。楊紫瓊用大鐵棒槌時因太重而失去平衡，是神來之筆，把寫實化為很濃的幽默感。

像李安自己說的，他認為外國觀眾不能了解的是甚麼叫做「江湖味」。這個「江湖」實在難譯，中國版的英文字幕翻成Jiang Wu Underworld，和黑社會拉上了關係，有點好笑，也許叫為World of Romantic Warriors是不是行得通？或者只直譯為Jiang Wu，不管人家懂不懂，有一天也會被廣泛的接受，像yakuza一樣。

配樂方面，打鬥時的幽幽沉沉的大鼓，寫情時的馬友友大提琴，都很出色。

《臥虎藏龍》如果不能得到奧斯卡最佳影片獎，也能得到最佳外國片獎，李安終於也拿得到最佳導演金像獎，不管再下去他拍的是甚麼類型的電影，我們一定有一天看得到。

提起李安，大家都想起吳宇森。有人問我對兩人的看法，我說吳宇森在商業片中加了藝術，李安在藝術片中加了商業，各自精彩。

《集結號》

大家都說《集結號》是好戲，在大陸票房幾億，我今晚看了，並不喜歡。

「戰爭場面拍得簡直比《雷霆救兵》好。」有人大讚。

對不起，我不同意。

《集結號》一開頭的大戰，共產黨戴頭盔，國民黨也戴頭盔，甚至日本鬼子也戴頭盔，加上昏昏暗暗的攝影，到底是誰殺了誰？我可以打賭沒有觀眾能看得出每一個鏡頭的來龍去脈，除了導演和剪接之外。

處理兩軍大戰，有些原則，那就是要看得懂，要敵我分明。

電影自古以來，紅蕃打牛仔，一個穿衣，一個不穿衣。盟軍打德軍，一個草綠間條制服，一個全身筆挺的灰服；一個頭盔是圓的，一個頭盔扁平。就算發展到科幻片，像《星球大戰》，雙方兵士也要靠黑白來分，才不混淆。

有了基礎，加上荷里活的數十年經驗，再集中爆破、特技、武器專家、戰爭將領的精英，最後還得軍方資助，才能有那樣的成績。

當然，人力物力並不代表一定是好戲，低成本的電影也有更佳的成績，像史丹利·寇比力克的 Paths of Glory，震撼力多強！

而且，戰爭場面不過是個引子，《集結號》講的是一個老兵的故事，敘述他在漫長的歲月中如何尋找原來的隊伍，又要知道他的上司到底有沒有吹集結號退兵。

一切劇情堆積到最後的真相。

不吹就不吹嘛，戰爭就是那麼殘酷，叫你去死擋，其他兵士才能逃生，這根本就是遊戲規則，有甚麼好憤怒的呢？但我們的老兵發起瘋來，大罵他的團長，這是多麼反高潮的事！

如果劇力集中在老兵知道真相後，一片沉寂，那麼他的控訴，不是更加強烈嗎？加那條尾巴幹甚麼？

其他兵士聽到撤退的喇叭，只有老兵聽不到，那是給炮聲震破了耳膜；真相是沒吹，他人怕死，這也是人性呀，點到即止好了。問題出在這個耳聾的人，在後來的戲裏，有時聽得到對方的對白，有時聽不到，好像喜歡就聽到，不喜歡就聽不到，有點兒戲。

馮小剛在那些小品中，是非常成功的，一玩大了，就不知如何收科。像在《大腕》那部戲裏，玩一個主題，玩來玩去還是一件事，戲便難看了；像在《夜宴》裏，一開頭就來一場又像日本能劇，又像法國啞劇的表演，看了讓國際觀眾發笑。

也許觀眾會吃《集結號》這一套，如果作為一部國際電影，就沒那麼容易過關了。我們也可以說電影拍給自己人看好了，但是電影的本質，不是越多人看越好嗎？電影不是不受語言和膚色綁住的嗎？

在國內旅行時，經過影碟店，進去一看，可真的不得了，商業片很多，但藝術電影的盜版，林林總總，要甚麼有甚麼，這是多麼豐富的一個寶藏！大陸的導演是多麼有福氣呢！

幹電影這一行，就得看電影、像寫作人一定要讀書一樣。戰爭戲的資料數之不盡，像蘇聯片的《一個兵士的故事》，那場炸坦克車的戲交代得清清楚楚，那像《集結號》那麼模糊？

當然戰爭片並不一定要有戰爭場面，同樣的蘇聯片《仙鶴飛翔》，拍得像一首美麗的詩篇。

要震撼的話，有哪部戲拍得比《戰艦波特金》好？

並不是要電影工作者照抄，這只是些教科書，這一行的人必讀的。單看一些韓國人拍的戰爭片是不夠的，請他們的爆破專家來指導也不夠；導演創造出來的形象應該從文字變成畫面，而不是從畫面到畫面，那永遠是二手。

在專家們的指導之下，導演有自己的鏡頭組合，有自己的想法，有自己的選擇，才是導演。

導演也是人，人會成長的。我這麼批評馮小剛，也因為是愛他對電影的熱誠。他是有才氣之人，但不能停留，需要進步，而進步的唯一途徑，只有更下苦功，把基礎打得更強；書和電影，都得看得更多，不可懶惰下來，就算片子在國內賣座，也可以走前一步。

別動氣，在夜闌人靜時，捫心自問。《集結號》，是否有上述的缺點？對更年輕一輩的電影人，聽不聽由你，還是老話一句，古人說飽讀詩書，你們多看電影，錯不了的。當今的電影，用鏡頭去說故事，已不分國界了，荷里活請來多少非美國人的導演，就是一個例子。

最後，講回《集結號》的英文片名，叫 Assembly，照字面譯，洋人看了：「集結號不在集結，是撤退呀。」英文名若叫 The Bugle（號角），達意得多。

《魔戒》III集

和《哈利波特》不一樣，《魔戒》的角色不是一年年長大，所以不能一集集拍，不然演小人 The Hobbits 演員便變成老人精了。

好在故事一共也只有三集，導演彼得．傑遜在十八個月之內將所有的文戲殺青；但是三集的後期製作，總共花了五年功夫。

現在一部部推出，去年我們看了第一集，當然很滿意。第二集出爐，即刻趕到戲院去的少女們，看的是精靈族的弓箭手 Legolas。扮演這個角色的 Orlando Bloom 非常幸福，其他演員都是污污糟糟時，只有他一頭金髮那麼整齊，只有他的臉是那麼白皙，令我們懷疑，為甚麼其他角色不能像他那樣把臉洗乾淨呢？

Orlando Bloom 成為一位最多人上網查問身世的演員，當今他大紅大紫，將和 Johnny Depp 拍檔演出《The Pirates Of The Caribbean》，還有和 Brad Pitt 演希臘神話《木馬屠城記》（Troy）。兩人不知是在鬥演技，或者爭着當海倫？

我們看電影的角度和少女們不同，上一集看的是演大巫師 Gandalf 的好演員 Ian Mc Kellen 和大反派的 Christopher Lee。在第二集中他們的戲份不多，沒有太大的表現，令到我們最感興趣的，還是那個亦正亦邪的爬蟲人 Gollum。

年輕時看原著，我們在想，要是有一天把書改拍為電影，怎麼創造 Gollum 呢？

真人來扮？當然不行。

當年的技巧是不可能的，也只有留到現在的電腦動畫那麼發達時才表現得出。

Gollum 由一個叫 Andy Serkis 的演員扮演，他起初還以為導演叫他去只是三星期的配音，後來他整整花了三年半才完成他的工作。

要拍這個人物的特技，每場戲都需要拍三次：一、他要和那兩個扮小人族的演員合演；二、他要走在一邊，只用聲音和那兩個小人演一次；三、他本人站在藍背景廠景前自己演一次。

在現場錄的對白才是最真實的。其他動畫戲，演員都是看着畫面配音，但在這部片裏，一切的動畫是根據演員的表情和聲音創造的。

演時也不是只靠把聲音，他還要穿着緊身的戲服，顏色和戲裏角色一樣；那套服裝又在各個關節上點着小電燈，方便技術人員加入電腦動畫。

至於聲音的演出，Andy Serkis 是向家裏的貓學的，貓有時吞下自己的貓毛，拼命想把它吐出來，全身發抖顫動後發出的那把聲，是最理想的，不止於聲調，語氣方面，因為想得到魔戒而殺死了自己的哥哥 Déagol 非常內疚，使到講話時也有種發不出聲的痛苦。

怪不得奧斯卡獎中，他要爭取提名。一個從沒在電影中出現的演員提名金像獎也是第一次，不過我們認為他實在應該得到配角獎，一切的戲都是他演出後，技術人員根據他的表情一格格用電腦畫出來的。

和《哈利波特》的杜比比較，是大巫見小巫，雖然用的都是同一技巧。

《魔戒 II》中除了 Gollum 這個角色外，新加入的有奸臣 Xoanon，扮演的是 Brad Dourif，他是位很優秀的美國性格演員，早在《飛越瘋人院》一片中已讓觀眾留下深刻的印象。

公主由 Mirand Otto 來演，演技是一流的，但做為一個公主，醜得交關，尤其是和精靈 Liv Tyler 一比。為甚麼會選她？真是令人費解。也許導演彼得．傑遜心目中的紐西蘭女子，或者是他自己的情人也說不定，不然怎能讓男主角阿拉貢王子愛上她？只有當兵三年才可會發生的事。

要把《魔戒》搬上銀幕，需要驚人的魄力，好在紐西蘭出現了彼得．傑遜這麼一個導演，還有整個紐西蘭國家支持它的製作。

我們再等多三百天，就可以看到《魔戒》的第三部《The Return of The King》，它預定在二〇〇三年聖誕節之前推出。

但是說老實話，《魔戒》中集總帶來陰陰沉沉的感覺，不像《哈利波特》那麼優美，也有點像《英雄》比較《臥虎藏龍》，前者氣派極大，後者細膩可愛，如果只能選擇其一，我們還是喜歡《哈利波特》。

原著者J.R.R. Tokien在西方讀者的地位，和我們的金庸一樣，但那年代是希特拉侵佔歐洲的時候，心情沉重可想而知，黑暗世界的描寫也寓言着希魔的勢力，無法輕鬆下來，只有靠侏儒戰士墮馬來惹笑，少了老頑童和韋小寶等人物的風趣。

我們看《神鵰俠侶》時，常幻想怎麼把那隻老鵰搬上銀幕？當今已有這種技巧，缺少的是像彼得．傑遜那樣的導演，和國家支持的製作費。

《藝伎回憶錄》

幾年前，巧遇曾江，他正要上路，到荷里活拍《藝伎回憶錄》。日子過得快，當今回到香港，片子也上映了，又和他聊了一陣子。

「你的戲份怎麼那麼少？」我問：「是不是剪掉了？」

「唔。」他點頭：「導演認為那個演童年小百合的演員實在太可愛，不捨得剪，拉得很長，後來章子怡的戲因為是主線，也不能剪，只有剪我和鞏俐的戲。」

「你演的是包鞏俐的將軍，在書上很重，改編劇本後分給美國人去演，也是敗筆。」

「還不是嗎？」曾江說：「導演是舞台劇出身，拍《芝加哥》等舞台劇，本來就是兩小時，結構緊湊，但是改編長篇小說，就沒那麼大的本事。」

「但是，當監製的史匹堡應該看得出呀，戲的尾部拖得很長，實在悶，不像小說那麼吸引讀者。史匹堡也不是萬能，他也有失敗之作。」我說。

「你說得不錯。導演沒有把男女主角的愛情戲拍出來，應該負一大責任。」

「是的，所有成功的電影，全部都注重說情，《亂世佳人》、《鐵達尼號》，都是例子。小說也一樣，沒有了情，就遜色得多。有很多人說托金的《魔戒》寫得比金庸小說好，我不同意，我認為他的情，比金庸先生的弱得多；拍成的電影，缺少的也是情。」我說：「對了，你和鞏俐合作，她是怎麼一個演員？這都是大家想知道的。」

曾江說：「她非常努力，半夜也請助手來叫我和她對戲。我在美國留學，英文沒有問題；她在中國生長，每天雖然有個英語教師訓練，但還不斷和我讀對白。她的英語，在戲裏一點問題也沒有。」

「章子怡呢？努不努力？」

「她也很勤，注重在舞蹈上，對白不怎麼練，反正人年輕，記性好嘛。」曾江說。

「我看過她一個電視訪問，英語對答如流。從一個英語一點也不懂，講出來給人家笑的人，在那麼短的時間，把自己訓練得那麼好，也真不容易。她說的對白，美國觀眾絕對聽得懂，聽不懂的，反而是日本演員講的。」

「對呀，渡邊、役所和桃井的對白，真是糟糕到透頂，他們怎麼勤力唸，也沒用。」

「這也是這戲在美國不受歡迎的最大原因，放映時又沒有英文字幕，最基本的對白聽不懂，怎麼跟得下去？尤其是奧克荷馬、艾和華等鄉下省份的土佬，聽日本演員的對白，要他們的老命。」我說。

「你算是對日本文化有點了解的人，用日本人的角度，怎麼看這部電影？」

「我很同意小説家渡邊淳一的看法，藝伎集中的祇園，絕對不是戲裏那麼破破爛爛，祇園作為一個最高尚的遊玩地區，當時全盛，應該處處金碧輝煌。但是荷里活總是高高在上地看別的國家，這一點我也不怪荷里活，要是叫香港人來搭印度和墨西哥佈景，也會是破破爛爛的。」

曾江説：「對呀，他們分不出中國人、日本人；我們也分不出印度人、巴基斯坦人呀。」

「尤其是章子怡的那段雪中舞，日本人看了簡直慘不忍睹，這都是導演心目中的日本舞蹈，他很專長拍，但就算以西方水準來看，都顯不出章子怡的舞功，也沒有甚麼美感，像場鬼片。」

「我也在現場，一個鏡頭拍了二三十次，很多個工作天才能完成，一點也沒有效果。」曾江說。

「作曲的約翰．威廉士的作品之中，也是這一部最差，反而得獎了，真是分肥豬肉。」我說：「章子怡想奪奧斯卡是沒有希望的，能夠提名已算好。這部戲對她很有負面的影響，不過她還年輕，有大把機會爭取。導演和監製選她演這部戲，當然看過她以前的作品：《臥虎藏龍》、《2046》、《十面埋伏》等，看完之後就不會去找小雪等日本演員來演了，她們的作品並不突出。」

「服裝方面呢？你有甚麼看法？」曾江問。

「西方人為了要證實對日本文化的認識，以為自己也知道穿上和服，最性感的是露出的頸項部份；楊紫瓊在第一場戲裏露出的頸項，露得那麼多，太誇張了，反而變得很滑稽。說起楊紫瓊，她的英語頂呱呱，其實所有中國演員的英語對白都流暢，除了日本主角之外。日本配角都是用美國土生土長的，那個演南瓜的拍了很多部主角戲，演子爵的也常當反派出現。」

「還有演老鴇的周采芹的英語說得好，和鞏俐一齊作弄小百合的是鄭佩佩的女兒，演《三更》的那位。」焦姣說。

「她我沒看出是誰。」我說：「飾演小百合父親的 Mako，也是從美國請來，他根本不必說英語對白。」

「那麼大的一個祇園，都在荷里活搭的。」曾江說。

「問題出來那些櫻花，硬繃繃的，一看就知道是塑膠花。」我說：「而且日本人欣賞櫻花，不在開時，而是在飄落滿地。」

「聽說中國禁映了。」曾江說。

我說：「我剛去過廣州，所有翻版店裏都賣光碟，而且是質素奇佳的 DVD，我的朋友都看過這部戲。有些人說中國演員演日本角色是賣國，我認為心胸太窄。荷里活戲，又是史匹堡叫到，誰不去演呢？拍了出來成績不佳而已。」

《睜大着眼 Eyes Wide open》

我認為空前絕後的電影導演，是史丹利．寇比力克（Stanley Kubrick），對他的生平，當然有興趣知道。

但是記載寇比力克的文字，最多一兩個訪問，其他的只是作品上分析，從來沒有進去過他的世界。

寇比力克是一個極度保護私生活的人，住在英國鄉下，籬笆通着高壓電線，從不招呼客人。

直到編劇家法特烈．拉法爾（Frederic Raphael）的出現，我們才能偷窺一二。寇比力克要拍新戲，總不能不見編劇吧？

也因為寇比力克拍完了戲就去世，拉法爾才肯將兩人接觸過的這一段經驗記錄下來，發表成書，書名叫《Eyes Wide Open 睜大着眼》，呼應寇比力克的遺作《Eyes Wide Open 緊閉着眼》。此片上映時，名字改為《大開眼戒》，把俗語的大開眼「界」改了一個字。

拉法爾有甚麼來頭？寇比力克為甚麼要請他？首先，他著有十九本小說。在一九六六年得過《Dancing》一片的最佳編劇奧斯卡金像獎，較為大眾熟悉的是奧特麗．夏萍主演的《儷人行 Two For The Road》的劇情，也是出自他的手筆。讀書極多，是位高級知識分子。

《睜大着眼》意味着拉法爾戰戰兢兢，為寇比力克寫了兩年的劇本，他的處境很矛盾，在大師面前不能唯唯稱是，一方面又十分崇拜這位電影人，結果他站穩立場，才得到寇比力克的接受。書中，他並沒有提到劇本給導演改了多少，我也沒閱讀過原本的和修正的，所以也無法比較。

此書的可讀性，在於寇比力克的一些生活小節，和他習慣的用語，像每次和拉法爾通電話，都先報出自己的名字，又很客氣地問：「有沒有時間聊一聊？」這些對話，拉法爾很技巧地用寫劇本的方式表現，有許多對白，穿梭在他形容兩人之間的關係中。不像一般的傳記。

從倫敦乘的士，拉法爾通過警隊人員，進入寇比力克的家，屋子很大，但空溜溜地像一個穀倉。拉法爾也最多到過彈子房，沒進去主人的客廳，寢室更是禁地。

首先讓拉法爾驚奇的是地下鋪滿了報紙，印的是耶加達新聞。

「噢！」寇比力克被問為甚麼對印尼有興趣時回答：「我只不過是查查看《Full Metal Jacket》在印尼上映時，廣告有沒有照我們訂的合同登得那麼大。」

兩人談個老半天，拉法爾可真的擔心寇比力克不給他東西吃，結果還是不請吃大餐，幾塊三文治解決，反映出導演這個人，對吃東西很隨便，一點要求也沒有。

劇本一寫就寫了兩年，一改再改。間中，兩個人談到《舒特拉的名單》，寇比力克問：「你認為它是在講猶太大屠殺嗎？」

「那麼是講甚麼？」拉法爾反問。

寇比力克說：「講成功的故事，不是嗎？猶太大屠殺是殺死六百萬猶太人；《舒特拉的名單》是講六百個猶太人逃出生天。不是成功的故事是甚麼？」

寇比力克也是猶太人，拉法爾認為如果不研究寇比力克猶太人的背景，是永遠無法了解他的。根據拉法爾的分析，寇比力克從來不在作品中提到猶太民族的事，與他的完全保護自己主義有關。他批評過暴力和人權許多醜惡行為，但從來不碰猶太人的事。拉法爾笑寇比力克說過：「我不是一個猶太人，我只是被猶太雙親生下。」

誠實，和把事情說得一清二楚，不是寇比力克喜歡的，就是因為他讓觀眾猜測，《二〇〇一年太空漫遊》，才成為經典之作。

「後來有人拍了一部《二〇一〇》，把所有的謎底都解答了，你還有興趣看嗎？」他問拉法爾。

寇比力克講了很多過去的事給拉法爾聽，其中一件是他年青時在米高梅當編劇，夢想有一天能當上導演。寫了一個故事給當年最紅的演員 Gregory Peck。

「你知道他說甚麼嗎？」寇比力克問：「他說我不應該寫那種題材給他看，污辱了他。」

對於劇本，寇比力克要求極高，他打電話給拉法爾。

「法弟？我是史丹利，有沒有時間聊一聊？」

「好。」

「那場殮房的戲，你知道紐約的殮房在甚麼地方嗎？」

「不知道。」

「還是查查看吧，對劇本也許有幫助。」

「那是場內景的戲呀！在甚麼地方都是一樣！」拉法爾大叫！但是後來寇比力

克還是叫人查查，是在第三大道的三十街上。對劇本是無幫助的，但是寇比力克說服了自己。拉法爾的批評是寇比力克總知道劇本裏，他知道不要的是甚麼，但要的是甚麼，他自己不知道。

拉法爾形容劇作家是一個賽跑者，總是先跑，其他人看着，連衣服也不肯脱，要等到這個賽跑者跑出了，其他人才認為值得參加。

劇本終於完成，但是拉法爾闖了大禍，寇比力克大發雷霆，對他不瞅不睬，還差點把他告到官去，你知道為甚麼？

原來事情是這樣的，編劇家拉法爾寫完了劇本，怕郵寄給導演寇比力克時遺失，影印了另一份寄給洛杉磯的經理人。

寇比力克知道了大罵拉法爾出賣他，把心血公開給陌生人看，發誓再也不用拉法爾的劇本。

後來經過經紀人公司證實沒人動過他的劇本，全世界向他道歉，寇比力克才勉強接受了。

這也難怪寇比力克生氣，他雖然是個呼風喚雨的導演，但是嘗試過的失敗無數，構思了又構思的劇本，一個個放棄，但每一個都下過千千萬萬細節研究的苦心，像他想過拍的《拿破侖傳》，就有二十萬張照片，拍攝拿破侖到過的每一個地方的資料，後來也像滑鐵盧一樣失敗。

「你有沒有想過拍一部西部片？」拉法爾問。

「馬龍．白蘭度和我花了兩年，想拍一部。」

「叫甚麼名字？」

「One-Eye Jack。」寇比力克說。

「發生了甚麼事？」

「馬龍主演，他也是監製。」

「你們合不來嗎？」拉法爾問。

「我起初以為和他合得來。」

「為甚麼變了？你不喜歡他了？」

寇比力克解釋：「他是個很好的演員，但他不能決定他要做些甚麼，也不讓其他人替他做決定。他的故事沒有搞掂，我們也沒辦法替他搞掂。我們一談，就沒完沒了；二年過去，馬龍忽然要一二三地搞掂它，叫我們都進去一間房間，圍着桌子坐下。他買了一個秒錶，放在桌上，叫我們說出問題出在哪裏，他只給我們每人三分鐘。我坐在他的旁邊，所以最後一個發表意見。攝影師先說，跟着是劇務，接着是Casting，三分鐘一過，秒錶就響，說得完說不完都輪到下一個說。最後問到我：『史丹利，你知道問題出在哪裏？』說完他就按錶。我說：『喂，馬龍，這種辦法太笨了。』他說：『你已經剩下兩分五十秒。』我只好從劇本的第一頁說起，接着第二頁，我大概說了五頁。馬龍叫道：『你已經用完了你的三分鐘！』我向他說：『馬龍，為甚麼你不去操你自己！』」

拉法爾追問：「後來呢？他又說些甚麼？」

寇比力克說：「他甚麼也沒說，走進了房，不出來。我向大家說：『我們能做些甚麼？這間房沒有後門，他總得出來。』有些人說我不應該那麼罵他，我說對這種人，不那麼罵怎行？他會出來的。」

「結果有沒有出來呢？」

「他還是沒有出來。我們等了又等，最後只好各自回家。或者，是他想炒我魷魚，但他不知道怎麼做，馬龍就是馬龍。」寇比力克搖頭說。

一個電影工作者，不管是多麼偉大，始終被外來的因素局限。拉法爾永遠不明白寇比力克為甚麼要用他，但最後還是用回自己的劇本？有時，他真的同情寇比力克很耐心地等待他寫的東西，來證實自己請這個人沒有請錯。越是好的導演，受到的打擊越深，因為他想靠人，又靠不了人。

他常責問拉法爾：「你是不是在看網球電視？」

「不是，我在寫劇本。」

「法第，別要花招了，沒有一個編劇肯把最好的材料留給別人去寫，在心理學上，這是不可能的。你也是導演，你應該知道，你多用心去寫，也會偷懶的。」

「你講得對，但是我沒說出口。」拉法爾只有承認。

「我也當過編劇，我知道我說得沒錯。」寇比力克說。

《大開眼戒》終於上映了，我趕緊跑到戲院去看，發現雖然有很多優美的攝影角度，一看就知道是寇比力克專有的，有幾場戲也搞得氣氛很濃，但整體來講，是一部很尷尬的爛片。

問題出在哪裏？也許讀了《睜大着眼》能夠找出蛛絲馬跡。劇本由一個短篇故事改編，歐洲的背景換成紐約，描寫的盡是性的問題和性的幻想。而對於性，寇比力克一點知識也沒有；更加上，編劇拉法爾對於性，也是一點知識也沒有，至少他在書上說明了這一點。

劇情中，巨宅裏的性宴是很重要的劇，畫面上拍到的卻是一些過期的影像，不痛不癢。

拉法爾常寫寇比力克問他，「你去過性宴沒有？」寇比力克還買了很多色情文獻讓拉法爾參考，自己一竅不通。過着隱居式生活的他，只與同一個妻子生活，從來沒有其他異性伴侶，這種導演要拍性，就等於叫拍愛情電影的導演去拍功夫片。

寇比力克有一個老同事，他和女朋友約會時也先叫個妓女來一下，以防當晚拉不到女友上床，這種性能力令寇比力克驚訝。像劇中人一樣，寇比力克被不懂得的事物吸引，只能看，不敢參與，以為單單看，就很乾淨。

始終，拉法爾是敬畏寇比力克的，不管他有多少缺點。當中最後一段，是寫在一九九九年二月，當拉法爾打開電視，看到了寇比力克去世的消息時，他感嘆：「原來不朽的人物，也會死的。」

寇比力克一向對無數的細節計算得精明，查印尼報紙廣告，就是一個例子。他不可能不知道最後兩部作品失敗。也許，他的死，也是計算出來的。

出版社：Orion Media

Orion House,5 Upper St. Martin's Lane, London, WC 2H 9EA

《砂の器》

一家日本出版社要為我出書，訪問中，記者說：「你看過日本古今電影，最後一部認為值得欣賞的是甚麼戲？」

《砂之器》。我回答，在一九七六拍的，是三十多年前的事了。

日前走過中建大廈裏面的 HMV，它有外國名片最大的寶藏，給我找到了這部電影 DVD，重看一次。

由推理大師松本清張的小說改編，片子一開始，由兩名探員在命案現場附近的小食店中，發現侍者記得當晚有兩個客人，用鄉下話講過 Kameda 這個字，是唯一的線索。

到處找 Kameda 這個姓氏，或者地名，走了很多冤枉路，最後終於水落石出。

我認為日本電影中，拍得最淒美的就是這部戲，如果各位觀賞時，一定不會同意的。回首它的大半部只是追蹤殺人者，到了最後那十幾二十分鐘，才拍得如詩如畫，似高歌像哭泣，非常感人。

在香港也曾上映過，記得是在普慶戲院，中文名字是《曲終魂斷》，翻譯得很切題：殺人者為一著名的鋼琴指揮家，最後在他演奏的《命運》那首曲中被捕。

抽絲剝繭，為甚麼他殺人？皆因隱瞞身份，引出芥川龍之介在他的小說《侏儒的語錄》中說的一句話：「人生悲劇的第一幕，是從父親與兒子之間的關係一成立，就開始了。」

日本至今還是一個階級觀念很重的社會，音樂家有一個患痲瘋的父親，他不把過去抹煞的話，就不可能抬頭。

查案的那一大長篇，都是以夏日炎炎的氣氛拍攝，戲中人物個個打着紙扇，帶着黑澤明電影中，偵探們追縱事件的影子。到了最後那段，是經過春秋冬，長時間刻畫出來的，用深雪、用櫻花來表現父與子到處流浪的情節，兒子雖然因父親的病帶來的人間歧視而痛恨他，但在大雪之中，互相擁抱嬉戲，又令他得到無限的歡樂，每一個畫面都烙印在觀眾腦海裏。

演員們也多是黑澤明的舊將，這是理所當然，黑澤的劇本，都出於編劇橋本忍之手，這部戲是橋本忍第一次組織製作公司拍的，請不起黑澤大師來導，但過去的同事都紛紛出來援助。

共同編劇的還有後來也成為大師的山田洋次，《男人之苦》的主角渥美清，也出來客串一番。

反而是演探員的丹波哲郎沒在黑澤片中出現過。劇本很完整地給這個人物添些細節，他一面工作一面寫俳句，又自己出錢去查案，顯出活生生的一個角色。但當今來看，丹波有些地方演得過火。這和演員本人的修養有關，丹波晚年組織了一個通靈的教會，弄神弄鬼，來香港拍戲時的談話中，我發現他是一個不學無術的人，並不值得尊敬。

野村芳太郎是介乎舊一派和新一派之間的導演，拍的皆是片廠制度中的商業片，但從不庸俗。《砂之器》是他人生中之傑作，另一部商業片為改編自山本周五郎的《五瓣之椿》，曾被香港兩次改編為《番紅》。

在一九八五年拍了最後一部電影《危險的女人們》之後，野村一直被病魔折磨，歷經二十年，在二〇〇五年逝世時，山田洋次說：「與其說我的作品像小津安二郎，不如說我受野村芳太郎影響較深。」

《砂之器》之後的電影，也只有山田洋次的看得過。

此片的攝影是第一流的，可惜到了DVD變成16：9的比例；要是用當年的新綜藝合體Cinemascore重現就會更好。世界名片，用新綜藝合體來拍的，只有日本攝影師的構圖是最美的。不過，Zoom鏡頭出現多次。這也難怪，當年的新發明嘛，不玩不可。

片頭字幕襯底，是海灘上小孩子用一個個的杯做模，印出城堡的形狀來，日語的砂之器，是砂的容器，英文片名譯為Sand Castle，較為切題。攝影非常優美，連一滴滴水的反光也拍了出來，這也不只為了求畫面，其實與最後的劇情有關的。

片中每個鏡頭都在講故事，殺人者的女友，把行兇時的血衣剪成一格格，散在火車外面，像朵朵的櫻花，也是一種呼應。

演兇手的加藤剛，是日本少有的俊男，舞台演員出身，和同樣演舞台劇的栗原小巻主演過《忍川》，熊本啟導演。栗原有很大膽的裸體，這是題外話了。

音樂由芥川龍之介的兒子芥川也寸志擔當，但主題曲不給觀眾留下印象，沒有成為經典。

剪接也是一流，最後那段，把探員述案、作曲家的演奏，和父子的流浪三條主線穿在一起，有條不紊，實在難得。

原著把每一處的地名、街道和建築都詳細記錄。倪匡兄不明白為甚麼所有日本推理小說家都是同一風格，其實日本人喜歡研究細節，讓後代的讀者可以根據小說中的地理去一步步追溯，看看當今和以往有甚麼不同，懷古一番。這是日本人愛收集情報的個性，也出現在日語的外國遊覽書中，台灣人頗受其影響。

《砂之器》的DVD並不難找，網上也讓人非法下載，但遠不比我們從前在電影院中那麼好看。

《大長今》的點點滴滴

四十年前，踏足韓國時，參觀了故宮，發現皇帝讀的書，都是漢文。又到著名的廟宇，見建築和皇宮全部很矮。

「為甚麼？」忍不住問當地的華僑友人老曹。

老曹解釋：「所有的建築圖，都要得到中國的准許，命令他們的建築不能高過中國的。」

可見，在歷史上，是多麼受中國欺負。

古代朝鮮歷史與中國歷史非常親密，一切制度皆受中國文化熏陶；到了十三世紀，明朝幫助李成桂奪得政權，訂下永不征討別國的條約。

《大長今》劇情中，提到皇帝要立王子也得明朝同意，又大明使節來訪，污辱宮女成孕等事，雖然不公開指責中國的霸道，但這一口氣是吞不下去的。

一向對電視連續劇發生很強的誤會，認為它們的婆婆媽媽，拉拉扯扯，故當友人介紹我看《大長今》的光碟時，沒有接受。

後來，身邊的人一個個在談論，不參加一份子話題不夠，強忍着看了一二集，就上癮，不可收拾。最初借來一套十集 Panorama 公司發行的，趕通宵，看到四十集之後再也忍不住，買大陸青海昆倫音像的版本，一口氣看完。

《大長今》是連續劇至今最完美的製作，高潮一個接着一個，人物的成長有層次，故事結構嚴謹，絕不拖泥帶水，怪不得風靡了整個亞洲。

監製李秉勳數年前拍了《神醫》，在資料收集過程中發現了長今這個真實的人物，她的確是朝鮮歷史上第一個擔任國王的主診醫官的女人。

根據史籍記載的蛛絲馬跡，便可大作文章了，故事從長今的父母說起，到她長大進入御膳房，最後轉為學醫，合情合理地漸進。

有了長今這個聰明、可愛、恬靜和堅韌的主角為骨幹，周圍的人物就好安排了。正派陣容是男主角閔政浩、母親友人韓尚宮、上司鄭尚宮、濟州醫女張德等；反派建立了崔尚宮和今英，但都是以宿命論來描寫，她們本身不是壞人，但因出生在為利益抓權的大家族，不得不犧牲別人。

皇族以中宗為代表，還有皇母和文正王妃。

中間穿插了姜德久夫婦那種心地善良，但貪小便宜的人物來達到喜劇放鬆的效果。

連續劇以連續的方式來拍攝，故事從頭說到尾，不跳開來拍，說到找誰就找誰，一定得有交代，觀眾看了才不感覺不滿。其他連續劇常受天氣的影響，但這一部下雨就拍下雨，吹雪就拍吹雪，這才自然，哪有每天放晴的日子呢？

當然這靠女主角李英愛支撐着，她本人像戲中人物那麼堅強，七個月的拍攝從不遲到早退，也沒請過病假。韓國女人很能耐寒吃苦，在製作花絮中看到她身穿單衣，在風雪中冷得全身發抖也要完成工作，實在有演員道德。

私底下，李英愛也是一個像長今那樣的人吧？從記錄片片段和她接受過的訪問來看，她很嫻淑，但不苟言笑，態度嚴謹，應該是沒有甚麼生活情趣。與這種人相處，會覺得很辛苦悶蛋的。

現實生活中，演反派崔尚宮的甄美莉會好玩一點，從慶功宴的記錄片看到她的個性極開朗，常用手掩嘴而笑。起初觀眾也許會感到她的演技生硬，一生起氣來低着頭眼珠左轉右轉，表情不多，但經過七個月的拍攝下來，她進步得厲害，後半段的戲越演越好，是位不可多得的優秀演員。

戲中的敗筆出在今英這個人物，演童年的那個小女孩很美，大了那個洪莉娜有對八字眼，難看之極，要是找個漂亮的，像崔尚宮是韓國小姐出身，那麼與長今的對立會更加鮮明，觀眾也會更加的惋惜。

演女醫張德的個性堅強，但也輸蝕在太過年輕。

男主角池珍熙本人和角色吻合，是個老實人。在影藝圈沒甚麼緋聞，一早就結婚。

演皇帝的任豪本人很年輕，他接受訪問時也自嘲過沒甚麼演技，總是吃吃吃，不過都吃那麼一點點，沒得發揮；其實他最後的感情戲頗精彩，尤其是臨終那幾場。

講到吃，此片集出現的食物花樣不夠多，做功也沒充份出現，切來切去都是蘿蔔冬菇罷了，我在漢城的伎生宴中嚐到的，比戲裏多出十幾倍，吃法較皇帝更好。

韓國人奮發圖強，近年在汽車和電子工業的功績有目共睹，戲劇更壓倒日本。對中國的抗議，以盡量不用漢字來表示，他們試過完全刪除漢字，但不成功，同音字的意義太多，引起了混亂，當今他們的報紙上繼續用漢字，但數量已盡量減少；日本有千多個，韓國大概數百個而已。當今他們的街名商號都不用漢字了，旅行時感到不便，也沒辦法！漢字用得不多，生疏了，就常出錯，像藥櫃中的「蜂」蜜，寫為「峰」蜜。

看《大長今》，最好是聽原文，看字幕；配音的不傳神，也學不到一兩個韓文單語。七十集看了下來，耳濡目染，到韓國餐廳去，侍女問我：「菜是不是要等其他客人來才上桌？」

我回答：「Eya Mama!（是，娘娘。）」

那侍女笑得花枝招展。

TLC

收費台的節目，我最常看的是 TLC，為《旅行．生活的頻道 Travel & Living Channel》的縮寫，是《Discovery Networks》的分支。

台柱毫無疑問，非 Anthony Bourdain 莫屬，此君的前作《No Reservations》，播完又重播；當今嫌拍攝辛苦，轉攻短期的旅行，到每個大城市吃喝二十四小時至四十八小時，拍成了《過境 The Layouer》，也大受歡迎。

的確是好看，他的旁白是紐約客一貫的尖酸刻薄，也看不起人，見到蟲蟲蟻蟻，就說「留給那光頭佬吃吧」，連名字也不肯叫。指的當然是《怪食 Bizarre Food》的主持人 Andrew Zimmern，可憐的他，做不了反擊，天下怪異食物也沒多少，幾輯後也沒甚麼新意，越吃越正常了。

Bourdain 有他的一套，敢吃骨髓和豬油，又酗酒，深得民心。但是美國人始終是美國人，看到熱狗和漢堡包，不管好壞，就大嚼起來。他做的介紹美國鄉下生活那幾集，也看得令人吐白沫。

是的，美國電台節目拍給美國人看，很恐怖的是《終極票子Extreme Couponing》，教人怎麼把報紙雜誌上的小票子剪下，一毛幾分地大量購入超市中的減價貨。我對這種行為極為反感，雖然説節儉和積少成多是一種美德，但花了那麼多的寶貴時間去收集，連垃圾堆中的票子也不放過，如果能在別的事情動腦筋，應該賺得更多吧。年輕時在飛機上見過一個美國少女拼命剪下這些小票子，為甚麼不去看一本書呢？

一個巨胸女人周遊世界的節目，也只有美國接受得了。這位在《花花公子》做過中間插頁女郎主持的《碧姬的最性感沙灘Bridget's Sexiest Beaches》一點情趣也沒有，要看胸脯，電腦上色情網多的是。

同樣以巨胸招徠的，是同頻道上的Nigella Lawson做的，最初還可觀，後來看她不斷地展示豐滿身材，又不停地向鏡頭做媚眼，就像一塊肥肉，一直往觀眾口中塞去，不作嘔不行。

後來發現在這頻道上教人做菜的，都不好看，有個黑人肥仔Roger Mooking在《Everyday Exotic》中，做的根本不知所謂，所有食材亂混一場，就説是甚麼特色菜了。那個叫 Bobby Chinn 的只會嬉皮笑臉，做一些不像越南菜又不像中餐的東西來騙鬼佬。就連台灣的混血兒的新節目，叫《Armando's Asian Twist》也以為可以用相貌招徠，做出的甜品，把馬蒂莎巧克力球敲碎了就上桌，叫甚麼大廚呢？

前一陣子還有一個亞洲女人，是個大笑姑婆，見到甚麼都傻笑一番，所做的中國菜幼稚得很，最受不了的還是那澳國英文的口音。這一點，那個戴肥肥眼鏡框的鄺凱莉 Kylie Kwong 也是一樣的。

廚藝談不上，只有用量來取勝，《挑戰大胃王 Man Vs. Food Nation》吃來吃去都是漢堡、三文治和熱狗，有多少層肉和芝士就多少層，味道好壞不拘，又添了幾片芝士，擠了大量的茄汁和芥末，硬塞進肚。這已不是美食節目，是反美食節目。

吃完了漢堡吃甜品，《蛋糕老闆 Cake boss》崛起，拼命以奶油來造型，越大越好。起初幾集尚有看頭，後來的當然像奶油那麼吃膩，蛋糕也沒那麼多花樣給主持人去變。當今加上一個教人燒菜的，所做的意大利料理粗糙不堪，把老婆當實驗室老鼠養肥了，樣子也比岳母還老。

吃的談多了，講講旅行的吧，Lonely Planet 有多個主持人，中堅分子 Ian

Wright，當今已少出鏡，賣他的錦囊產品廣告去了，Asha Gill 和 Megan Mccormick 較為看得順眼，另一個 Samantha Brown 醜得很，和她旅行，不是那麼有趣。

其實世界上的景點，已拍得不必再拍，旅行的收穫，當然是吃的最能留住深刻的印象，不然就是拍人了。看其他地方的人怎麼把這一生人過完，學習他們的生活態度，令自己的思想豁達，才是旅行的精華，這一點，還是去看 BBC 拍的，比較深入。

當今在 TLC 中看到，比較有趣的還是《一個傻瓜去旅行 An Idiot Abroad》，這節目由才子 Ricky Gervais 和 Stephen Merchant 主持，叫一個不喜歡出外的英國鄉下佬 Karl Pilkington 到世界七大奇觀去走走，到處鬧出笑話來，雖然是諷刺英國人的迂腐，主要還是在分析文化的差異。

七大奇觀去過之後，又叫那個傻瓜去完成 Bucket List，那是由英文 Kick The Bucket（死了）得來，列出死前要做的事。節目中對他做出種種刁難，引得觀眾哈哈大笑，是一輯最不像紀錄片的紀錄片。

現實生活中，大家參加的旅行團，走馬看花，到處被導遊拉去買自己不想買的東西，這些人，比節目中的傻瓜更像傻瓜。

最佳電視片集

近年來的電影，甚少新意，本來天天至少要看一兩部的我，已轉去欣賞電視片集。當今的拍得十分精彩，又有時間和空間去描述劇中人物，看得不吃飯不睡覺，天昏地暗，樂不可支。以下推薦的，全屬個人口味。

一、認為至今拍得最好的，是《Downton Abbey》（2010），描述二十世紀的英國貴族一家，以及他們的僕人之上下階層生活，每一個人物都有戲，服裝和道具講究得不得了，細看各女主角身上名家的設計，和老太太的手杖及白蘭地玻璃杯，已是一大樂事。

二、《Breaking Bad》（2008），一個患了癌症的化學老師，陰差陽錯走上製毒師之道。所有橋段，都是觀眾預料不到，當今已拍到第四季，一季比一季好看，期待第五季的出現。

三、《Rome》（2005），古羅馬的政治和荒淫故事，製作成本之高，電影也不及，可惜拍了兩集就因此而停產，很值得一看。

四、《Spartacus: Blood & Sand》（2010）是《Rome》的低成本版本，增強血腥與暴力性愛，令東方製作咋舌。播出後成功，男主角卻患癌去世，後來再開前傳，又換主角續之，還不斷地製作下去。

五、《Madmen》（2007），以六十年代紐約廣告界為背景，當時是香煙廣告的天下，人物煙抽個不停，有觀眾笑說看了也得肺癌。歷史考據無微不至，我們這些在該年代生活過的人看後更加過癮；沒經過的觀眾也感覺津津有味，繼續拍下去。

六、《Game of Thrones》（2011），外國人的神化三國誌，每一季都有看頭，製作亦不馬虎。

七、《Weeds》（2005），屋村小鎮的家庭主婦，丈夫死掉之後，為養活兩個兒子而販賣大麻，是個黑色喜劇，完全沒有道德感，也只有美國才容許這樣的製作。片集大受歡迎，一直拍下去，一共七季，第八季又開始，觀眾看着那大眼睛的兒子長高長大，異常親切。

八、《Deadwood》（2004），很不一樣的西部片，非常寫實，對白分文質彬彬的東部美國人，和充滿粗口的西部淘金者，趣味盎然。可惜拍到第三季之後受到壓力，沒那麼大膽，受到觀眾遺棄而停播。

九、《Boardwalk Empire》（2010），大導演馬田史高西斯監製，大成本製作，描述美國禁酒年代，男主角 Steve Buscemi 為了生存，不擇手段，留下深刻印象，但搶戲的卻是演他弟弟的 Micheal Pitt，此君今後必成大器。

十、《The Killing》（2011），由北歐片集改編的偵探片，人物演出皆優秀，攝影尤其精湛，拍出寒冷的氣氛來。劇情雖緩慢，也能吸引觀眾一季季看下去，不感到沉悶。

十一、《The Tudors》（2007），英國國王亨利八世的一生，把所有東方製作的宮廷劇都比了下去。國王性生活亦活生生呈現，娛樂之中了解歷史，較教科書有趣得多。

十二、《Lie to Me》（2009），由演技派的 Tim Roth 擔正，以研究人類表情來破案，用政治家撒謊的照片來引證，當今這論說也在事實上得到肯定，是偵探片中較有知識性的一部，但不能得到一般觀眾支持而停播。

為甚麼這些片集比電影製作有趣？第一、它不必像暑假的大片，必老少咸宜，看得不過癮；第二、我們沒有想像到歐美的電視製作會那麼自由，尺度會那麼鬆懈，百無禁忌；第三、所有男女主角都是會演戲又肯裸露，片集中用的多數是未成名的演員，可以搏到盡的；第四、下重本；第五、攝影認真；第六、製作班底優秀，編導人材一流；第七、一集一集追固然佳，但完成後出影碟，更能一口氣看完，有如廣東人的煲老火湯，又濃又好喝，「煲劇」這個名詞用得極好。

其實電視片集這個傳統不是今天形成，它由迷你集，長壽劇集大全。早期已有《Columbo》（1971）、《Mash》（1972）、《Twin Peaks》（1990）、《The X files》（1993）等等顯著的成績，到了近年，《Sopranos》（1999）、《24》（2001）、《Lost》（2004）發揚光大。

在二〇〇四的《Desperate Housewife》受到廣大的女性觀眾追捧，一九九八年愛情片《Sex And The City》也大受歡迎，我嫌女主角 Sarah Jessica Paker 太醜，看不下去。

近期也有不少以美國少男少女為主角的片集，我都認為蠢得交關，無法入眼，尤其是那些很多人喜歡的吸血殭屍片集，像《True Blood》（2008）、《The Vampire Diaries》（2009）等。

殭屍片集，只有《The Walking Dead》（2010）拍得較為出色。

少年福爾摩斯的《Sherlock》（2010）也有很多人欣賞，我討厭那男主角的造型；另有各類偵探片集，如《Dexter》（2006）等，都只看首集之後再沒興趣追了；永恒的偵探片集，還是《Agatha Christie's Poirot》（1989）或近年的《Monk》（2002）耐看。

受大眾歡迎的還有《Prison Break》（2005），我覺得牢獄戲，看多了會憂鬱。至於大受影評人欣賞的《The Wire》（2002），還是不如《The Killing》，那片集用的黑幫話和黑人語言，以及警方術語，都不是易懂，就連精通英語的歐美觀眾，也說要看字幕，我耐心煲完，覺得不看也沒甚麼損失。

三、談人物

東尼．寇蒂斯印象

你大概不會記得一個叫東尼．寇蒂斯的荷里活明星。也許在深夜，你可以看到他主演過的片子《馬戲千秋 Trapze》，更常出現在熒光幕和電影節上的是《熱情如火 Some Like It Hot》。

友人美聯社社長卜．劉說東尼來了香港，約好在香格里拉的龍蝦吧見面。東尼預早出現，一頭剪得短短的灰髮，沒有光禿，還是穿着西班牙鬥牛士式的短西裝，領子翻上，七十九歲人了，神氣得很。

明星到底是明星，一眼望去，即刻知道。還沒進入，在門口給一個客人認出，追他簽名，他樂意地動手。

坐下之後，我開門見山地：「你從前的髮型，梳得像條中國點心臘腸卷，掉在額上，我們都模仿過。」

「不止是你，我自己也模仿過。」他幽默地。

「這次來香港是玩?是公事?」

「我退休後開始畫畫,過幾天我去倫敦開畫展,先來香港住幾天,做幾套西裝。」

東尼説完拉着那緊身的上衣,遮遮他那略為凸出的肚腩,我發現這一個晚上,他經常做這個動作,對於自己的身材,他還是很自覺的。

我很想問問他和第一任妻子珍納·李的事,又想知道他第二個太太姬絲汀娜·嘉芙曼。嘉芙曼是位德國的大美人,主演過幾部片,印象猶新,但是第一次認識就問私人事,總失風度,只好談別的。

「史丹利·寇必烈克是我最崇拜的導演,你演過他的《風雲群英會 Spatacus》,他是怎樣的一個人?」

東尼沉入回憶:「啊!史丹利。一個完美的導演!他對電影的任何一個環節都深深地了解,甚至到片子應該在哪一間戲院上演最好。我們演員拍戲時,普通的導演總是叫攝影師大剌剌地把鏡頭在你面前一擺,就拍了起來;史丹利不同,他的角度永遠是隱藏着的,他故意把攝影機放到一個最不顯眼的地方,讓我們不去感覺到攝影機的存在。史丹利是偉大的!」

「片子裏有一場戲當年上映時是剪掉的。」

「對了。」東尼聽我提起這件事，興奮了起來：「我在戲裏演一個年輕英俊的小奴隸。我的主人是羅倫斯．奧利花演的羅馬將軍，我服侍他出浴，替他擦背，他一面吃蝸牛肉，一面望着我，說：『有些人喜歡吃蝸牛，有些人喜歡吃生蠔，我兩樣都喜歡！』我聽了之後即刻心中噢哦反應！你想想看，這部片子在三十四年前拍的，那時候他已經夠膽描述同性戀，而且講的多麼地瀟灑！」

「那麼羅倫斯．奧利花呢？」

東尼顯然對他的印象不佳，但不正面地講他的壞話：「好演員，一流的好演員，他是一個深謀遠慮的人，任何動作都計算過，這隻手拿甚麼東西，拿到哪裏，都心中有數，絕對分毫不差，像個時鐘沒有甚麼人性。」

轉一個話題，我問：「你是意大利人嗎？」

「不，不，」東尼說：「我給人家的印象都像一個意大利人，其實我是匈牙利人，父母一早移民到紐約。」

「有沒有回過老家尋根？」

「去了。」東尼神色沉重：「去的時候還是共產國家，慘不忍睹，不提也罷。」

又轉個話題：「你當過海軍的。」

「是呀！」東尼樂了，他叫道：「你真清楚，我做潛水艇裏的小兵，太辛苦了，以身體不舒服為理由退伍的。」

身體不舒服能退伍？是因為當年東尼太過靚仔，沒有人忍心拒絕他的要求吧，我心想。

還是離開不了老本行，東尼說：「最近保羅·紐曼講以前在大公司大片廠的生活太好了，有歸宿感。我也有同感，那時候在環球片廠裏，我們拍完片就去吃飯喝酒，和上下班差不多，哪裏像現在的演員，天天在搏老命！」

「你現在還喝不喝酒？」我問。

「不了。」他搖頭：「肉也少吃，只吃白肉。」

不過他看我不停地舉杯，再也忍不住，要了伏特加。

「死就死吧。」他說。

喝了幾杯，興致到了。他表演慾很強，不斷地用刀叉和香煙變魔術，他說：「這是在《魔術大王 Houdini》中學來的，做演員就有這麼一個好處，每拍一部新片子，演一個新角色，就學這個角色的人生技巧，而且片廠派來教我們的都是大師級人物。除了這玩意兒，我還會打劍、空中飛人、開槍、甚麼都學一餐懵。」

他的魔術表演吸引得周圍桌子的客人都探頭來看，東尼還是很需要觀眾的。

「你問了我那麼多東西，不公平，」東尼靜下來之後問我道：「談談你的事，你這個黃色包包是哪來的？」

我說：「泰國和尚送的。有一次我們在泰國拍戲，依中國習慣來一個開鏡禮，請了個高僧，要他祈禱天不下雨。和尚做了法事，向我們說：行了，一定不會下雨的。哪知道從第二天就開始下，一下就下了兩個星期。」

「後來呢？」東尼追問。

「我去責問，那高僧說：『不過，這些雨是為了農民下的呀！』我聽了只有俯首稱臣，後來做了朋友。」

東尼聽了大笑，向我說：「我喜歡你這個故事。」

「我更喜歡你告訴我的故事！」我說。

他過來抱抱我。

老人與貓

島耕二先生在日本影壇佔着一席很重要的位子，大映公司的許多鉅片都是由他導演，買到香港來上映的有《金色夜叉》和《相逢有樂町》等，相信老一輩的影迷會記得。

出身是位演員，樣子英俊、身材魁梧。當年六呎高的日本人不多。

我和島耕二先生認識，是因為請他編導一部我監製的戲，談劇本時，常到他家裏去。

從車站下車，徒步十五分鐘方能抵達，在農田中的一間小屋，有個大花園。

一走進家裏，我看到一群花貓。

年輕的我，並不愛動物，被那些貓包圍着，有點恐怖的感覺。

島耕二先生抱起一隻，輕輕撫摸：「都是流浪貓，我不喜歡那些富貴的波斯貓。」

「怎麼一養就養那麼多。」我問。

「一隻隻來，一隻隻去。」他說：「我並沒有養，只是拿東西給他們吃。我是主人，他們是客人。養字，太偉大，是他們來陪我罷了。」

我們一面談工作，一面喝酒。島耕二先生喝的是最便宜的威士忌 Suntory Red，兩瓶份一共有一點五公升的那種，才賣五百円，他說寧願把錢省下去買貓糧。喝呀喝呀，很快地就把那一大瓶東西幹得清光。

又吃了很多島耕二先生做的下酒小菜，肚子一飽昏昏欲睡，就躺在榻榻米上；常有騰雲駕霧的美夢出現，醒來發覺是那群貓兒用尾巴在我臉上輕輕地掃。

也許我浪費紙張的習慣，是由島耕二先生那裏學回來的，當年面紙還是奢侈品，只有女人化妝時才肯花錢去買，但是島耕二先生家裏總是這裏一盒那裏一盒地，隨時抽幾張來用。他最喜歡為貓兒擦眼睛，一見到牠們眼角不清潔就向我說：「貓愛乾淨，身上的毛用舌頭去舔，有時也用爪洗臉，但是眼縫擦不到，只有由我代勞了。」

後來，到島耕二先生家裏，成為每週的娛樂。之前我會帶着女朋友到百貨公司買一大堆菜料，兩人捧着上門，用同一種魚或肉，舉行料理比賽；島耕二先生做日本菜，我做中國的，最後由女朋友當評判。我較有勝出的機會，女朋友是我的嘛。

我們一起合作了三部電影，最後兩片是在星馬出外景。遇到製作上的困難，島耕二先生的袖中總有用不完的妙計，抽出來一件件發揮，為我這個經驗不足的監製解決問題。

半夜，島耕二先生躲在旅館房中分鏡頭，推敲至天明。當年他已有六十多歲，辛苦了老人家，但是我並不懂得去痛惜；不知道健壯的他，身體已漸差。

島耕二先生從前的太太是大明星大美人的轟夕起子，後來的情婦也是年輕美貌的，但到了晚年，卻和一位面貌平凡開裁縫店的中年婦人結了婚。

羽毛豐富的我，已不能局限於日本，飛到世界各地去監製製作費更大的電影，不和島耕二先生見面已久。

逝世的消息傳來。

我不能放棄一班工作人員去奔喪，第一個反應並沒想到他悲傷的妻子，反而是：「那群貓怎麼辦？」

回到香港，見辦公室桌面有一封他太太的信。

「……他一直告訴我，來陪他的貓之中，您最有個性，是他最愛的一隻。」

（啊，原來我在島耕二先生眼裏是一隻貓！）

「他説過有一次在檳城拍戲時，三更半夜您和幾個工作人員跳進海中游水，身體沾着飄浮着的磷質，像會發光的魚。他看了好想和你們一起去游，但是他印象中的日本海水，連夏天也是冰涼的。身體不好，不敢和你們去。想不到你不管三七二十一地拉他下海，浸了才知道水是溫暖的。那一次，是他晚年中最愉快的一個經驗。

「逝世之前，NHK 派了一隊工作人員來為他拍了一部記錄片，題名為《老人與貓》，在此同時奉上。

「我知道您一定會問主人死後，那群貓兒由誰來養？因為我是不喜歡貓的。請您放心。

「拜您所賜，最後那三部電影的片酬，令我們有足夠的錢去把房子重建，改為一座兩層樓的公寓，有八個房間出租給人。

「在我們家附近有間女子音樂學院，房客都是愛音樂的少女。有時她們的家用還沒寄來，就到廚房找東西吃，和那群貓一樣。

「吃完飯，大家拿了樂器在客廳中合奏。古典的居多，但也有爵士，甚至於披頭四的流行曲。

「島先生死了，大家傷心之餘，把貓兒分開拿回自己房間收留，活得很好……」

讀完信，禁不住滴下了眼淚。那盒錄影帶，我至今未動，知道看了一定哭得崩潰。

今天搬家，又搬出錄影帶來。

硬起心放進機器，熒光幕上出現了老人，抱着貓兒，為牠清潔眼角。我眼睛又濕，誰來替我擦乾？

洪金寶餐廳

我們來到紐澤西，是一面看外景，一面把成龍下一部戲的劇本，度得盡量完善為止。

住的地方離開紐約約一小時車程。為甚麼不乾脆住紐約呢？理由很簡單，導演洪金寶在這裏買了一間屋子。

而洪金寶為甚麼會選上這地方？因為他的老友鄭康業住在附近，洪導演的女兒在這裏上學，兩個家庭，大家有個照應。

一行五人，兩位編劇、副導、策劃與我，本來租了酒店，但洪導演說方便大家聊至深夜，便搬進他的家。

三千呎左右的居處，前後花園。整間屋子最吸引人的，就是這個大廚房了。

餐桌在廚房的旁邊。我們除了睡覺，一切活動完全圍繞在廚房之中。

廚房一角是個大煤氣爐，兼有焗爐和微波爐。所有餐具應有盡有，當然有各色的調味品，柴米油鹽，更是不在話下。公仔即食麵每箱二十四包，一疊數箱。貯藏室中，罐頭食物數百罐。煲湯材料、清補涼、梅菜乾、墨魚乾、南北杏、蜜棗、五香八角，數之不盡。

大冰箱被火腿、香腸、雞蛋、牛奶、蔬菜塞滿，冰格中有大塊的急凍肉類，隨時取出在微波爐解凍，即能煲出各種比阿二靚湯更靚的湯。

基本上，一天七餐是逃不了的。六點鐘起牀，先來咖啡茶麵包。到九點正式早餐，有人吃奄姆列、有人下麵，中西各憑愛好決定。中餐十二點，炒飯炒河粉，加各色菜餚。四點鐘吃下午茶，餅乾、蛋糕、三文治和漢堡包。晚上七點正式晚餐，最為豐富，大魚大肉。半夜十二點吃第一次消夜；談劇本談至清晨三點，第二次消夜。第二天六點，又是早餐，不斷地惡性循環。間中有人疲倦了就去小睡，起來看見的，又是一碗熱騰騰的靚湯等着你。

由第一天住洪金寶導演家開始，已經吃得不能再動。從此，我們每天喊着要吃清淡一點。

「好。」洪導演說：「今晚只吃水餃如何？」

大家舉手同意。

但一到餐桌，發現除了那一百多個水餃，至少加了七八道菜：燉雞湯、豆腐乾炒芹菜辣椒、洋葱豬扒、炒西蘭花、冬筍燜肉、一條蒸魚、炒飯、蠔油菜心，等等等等，飯後的紅豆沙冰淇淋、酒釀丸子……

看外景的那數天中，回家之前必定到附近的超級市場或唐人街菜市進貨，大小包裹幾個人提着，分類之後把塑膠空袋數一數，至少四五十個。

劇本一天天地完成。食物也一天天地增加。眾人技癢，加入烹調隊伍。洪太高麗虹中西餐都拿手；工作人員之中，廚技幼稚的炒蛋煎香腸；客串廚師的高手們，偶爾表演，化腐朽為神奇，簡單材料煮炒得像滿漢全席，晚上將要扔掉的西蘭花梗切片，浸在蒜蓉指天椒和魚露之中，第二天便完成一道惹味的泡菜。

一面吃飯，一面談論香港的餐廳，哪間最好？「但是我在台北吃到更好的。」有人說。這一來，話題又扯得越來越廣，全世界的食物都有一個故事。

在美國最浪費時間的是坐在車上，有甚麼比談食物更容易打發？行車途中，必商量明天吃甚麼？下一餐吃甚麼？利用這段空間，把食譜設計，記錄下來，看要買甚麼材料，一寫就是數頁紙，大家感嘆：「寫劇本的速度和效率，有這麼高，就發達了。」

廚房和整間屋子的清潔工作，全交洪太處理，她除了洗熨各人的衣服之外，還將碗洗得一乾二淨，又拖廚房地板。真想不到這位大美人那麼賢淑。

洪太是位混血兒，但比許多純種的中國人更中國人，喜讀金庸小說，為丈夫當英語翻譯兼秘書工作，對我們這群惡客的照顧更是無微不至。金寶兄不知是何時修來的福氣，娶到這位嬌妻。最大奇蹟，是高小姐跟了洪金寶那麼久，竟然不會和他一樣肥胖。

洪導演是一位很孝順父母的人，愛小孩，愛狗隻馬匹，廚藝並不遜演技和導演功夫。我們吃他的菜，吃得大喊救命時，他又來一道新的佳餚，我們忍不住又伸出筷子。聽我們大讚之後，他的口頭禪永遠是：「你們還沒有吃過我媽煮的餸呢。」

我們自從在西班牙拍《快餐車》至今，已有十多年交情，當時在西班牙，也是他從頭煮到尾。摸清他的個性，唯一應付他的方法，是帶大量普洱，沏出濃如墨汁的茶，一天喝它數十杯，便不怕洪導演的食物攻擊。

眼見其他人的臉都逐漸圓滿，每人重出十個公斤來，不禁竊笑。早叫他們喝茶，還是不聽話去喝咖啡，加乳加糖，不增肥有鬼。

終於到了返港的前一個晚上，眾人又再要求吃得簡單，「好。」洪導演說：「今晚只吃咖喱飯，如何？」大家舉手同意，他又說：「買四隻大波士頓龍蝦，切來灼咖喱汁，頭尾和殼，用來熬豆腐芥菜湯……」

洪金寶餐廳，又開始營業了。

狩獵者

我們這一組戲裏，因為住的地方各有一個廚房，大家便燒起菜來；煮得最好的，是一位叫阿方的工作人員。

阿方是台北鄉下人，父親的職業是鑄打獵槍。

從小記憶，阿方爸不停地把鐵打平，捲成圓筒，兩筒拼起，再從尿槽中取出阿摩尼亞碎片、鐵鏽、鍋底黑灰等等，拼命地塞入筒中，加紙、倒入小鉛塊，再加紙，土製的獵槍便完成了。

他家的屋頂有許多小洞，燒菜時煙霧朦朧，射出數不盡的光線線條，這是阿方爸有一次不小心，獵槍走火造成的。阿方爸不斷地試槍，將許多野味帶回家；阿方媽是個高手，燒成佳餚。阿方從此會作各種不同小菜。

跟我們出來拍戲，阿方無盡的資源，每次都給我們一些驚奇。像他會失蹤一會兒，回來時已在附近的池塘中抓到兩條花鱔王，當晚又是紅燒魚頭，又清燉枸杞湯，每位同事都有份吃。

有時就地取材，打開旅館中的窗戶，用枝棍子套着鋼線，抓三四隻野鴿，也那麼地煮將起來。總之，任何野生動物，遇上阿方便糟糕，在他眼中都變成食物。

在香港，阿方有個做魚排生意的朋友，靠養游水海鮮過活。這個朋友有很大的苦惱，那就是晚上常有一群夜遊鶴飛來吃魚，還常用尖嘴把魚的眼睛叮瞎了。朋友向阿方求救。

阿方說：「在海上打夜遊鶴，最多殺一兩隻，不能阻止牠們再來，唯一的方法，是找到牠們的老巢。」

接着，阿方跟蹤夜遊鶴群到大埔，觀察甚久。夜遊鶴很奇怪，一生一定四個蛋，阿方等到小鶴都長大學飛後便下手，一共殺了七十八隻夜遊鶴父母。香港的野生動物絕種，不關阿方事，因為他說他知道鶴群的後代能生存，才肯射殺，這是阿方爸的教育。

有了廚房阿方便大燒其菜；沒有廚房，阿方也能變戲法。一次日本的外景，小酒店中只有一張牀，阿方問我：「要不要喝雞湯？」

「你去哪裏弄來的史雲生？」我問。

阿方不屑地：「我才不喝罐頭湯呢。」

說完給我一碗，喝幾口，鮮美得很，是現煲現飲的清甜。

正當我用好奇的眼光望着他時，阿方指着酒店房中那個電器熱水壺，圓頂大口的那種，裏面塞了一隻雞，還加了田七，他把人家沏茶的工具當起氣鍋來了。

我喝了他的湯還不領情，向他咆哮：「下一個客人一定喝到怪味，怎麼對得起人家？」

阿方嚅嚅地：「我洗得很乾淨，保證沒事！」

不但是位狩獵的高手，阿方最大的本領是潛水打魚。他一出海必有收穫，經常射殺多尾巨魚回來，拿去賣給西貢的海鮮舖，自己只要一個大魚肝，用蒜頭蒸了，啊，是天下美味。

一次，阿方又去潛水，他說：「我看到了一隻一生人之中最大的龍躉。」

「多大？」我問。

「三擔。三百斤，大約五百磅吧。」

「要養多久才能長得那麼大？」我問。

「七十年。」阿方說。

那條大魚遇到了阿方，瞪大眼看着他，他也瞪大眼睛看着那條魚，本能地，阿方向魚射了一槍，魚逃跑，阿方追去，魚躲入石頭縫中，阿方拔出腰間的蘭保刀，往魚身猛刺，魚一掙扎，鋼刀裂斷，但魚身已插出幾個洞。

阿方將身上的鉛帶穿過魚身綁住，令魚游不遠，便浮上水面，由船中拉下大繩子綁着，一路將魚拖上岸。

那條大龍躉，一個人吃一斤，也可分給三百個西貢的鄉民，大家高興地領了魚肉回家。成龍在一邊聽了阿方的故事，向他說：「殺了龍躉，一定沒有好報。」

「是呀。」阿方說：「但是鄉民都教我，買一條紙紮的大魚，燒給海龍王，就沒事了。」

「哪有那麼便宜的事？沒好報，沒好報。」成龍搖頭。

阿方的臉越來越青。

我向成龍說：「人家已後悔了，別再那麼說他。」

「你又殺魚，又殺鶴，沒好報。」在一旁的編劇鄧景生也加一把嘴。

「那些夜遊鶴吃掉人家的生計，是壞動物呀！」阿方抗議。

「其實最壞的動物是人。」成龍瞪着阿方。

「是呀！」鄧景生又插嘴：「把你殺了，紮個紙人，燒了之後也沒事。」

阿方懊惱和沮喪到極點，低下頭去。

我走過去拍拍他肩膀：「事情過了，別想它，下次不殺，不就行了？」

阿方說說得也是，較為開朗。

遠處飛來一隻烏鴉，嘎嘎啼叫，阿方問我：「烏鴉肉不知好不好吃？」

愛姐和荷西

我們的外景隊，有兩位化妝師。

荷西在澳洲聘請，來頭大，在《驚世未了緣》（Brave Heart）一片中，得過奧斯卡化妝獎，原來是西班牙人，後來落籍於澳洲。他身材高大。

愛姐由香港帶來，十幾歲就開始在邵氏影城為大明星化妝，跟過無數的港產片，電影圈中許多出色的化妝師都是由愛姐一手教導。她身材矮小。

兩人在技術上，都非常地專業；但兩人在方法上，和他們的身高一樣，截然不同。

給予計劃周詳，充足時間，環境優良的條件下，荷西的化妝術是完美的。他可以把人髮用滾水煮熟，一束束留下備用，遇到演員需要黐小鬍子時，他拿了出來，一撮撮地用膠水黏上，再用一把小剪刀般的電叉，將毛髮彎曲，一點也見不到人工的痕跡，天衣無縫。

計劃改變，毫無時間，風風雨雨之下，愛姐能就地取材，對主要演員的妝，一個個化好，每人也不消十五分鐘，導演喊開工，從來沒有讓他等待過。

戲開拍之前，荷西要求一定有輛化妝車，才能工作。我說惡劣環境或旁觀者眾多處應該有，但是如拍室內，可省則省。荷西甚不以為然：「沒有化妝車，開不了工。」

「上部成龍的戲，在雪山拍，你也跟過，化妝車上不了雪山，還不是一樣在露天化妝？」我的語氣，帶點做就做，不做拉倒的味道。

荷西嘰哩咕嚕，悻然走開，後來他在現場化妝時，我常去學習，又和他研究荷里活的各種新化妝品材料，我們兩人才有說有笑，關係搞得不錯。

和愛姐合作多年，大家都知道對方的工作能力，我差不多每晚收工後在愛姐房內開飯，和美術指導小馬，助手亞細，服裝的阿珊、小雲等一大夥燒菜吃，樂融融也。

這次拍的一場馬車追逐戲，在墨爾本市中心的萱士頓大街進行，相等於香港銅鑼灣那麼熱鬧。

英雄救美，成龍從商場門口跳上馬車，十多個身手不凡的外國武師追着，在車上拳來腳往，成龍把敵人一一打退，歹徒被打得雙眼像熊貓，頭髮凌亂。

成龍頭髮也亂，但要亂得有型有款，副導演在拍完一個鏡頭後大叫：「反派打手口角加血！成龍大哥梳頭髮，臉上噴汗水，女主角面部弄髒！」

說時遲，那時快，不知道愛姐甚麼時候、甚麼地方鑽了出來，提着她的百寶袋，已經跳上車和女主角補妝，一面又拿了水壺噴向成龍臉上，接着在一個個武師口邊點血漿。

我們的荷西呢？只見他左手提着一個精緻的黑色小皮箱，右手拿着一個看歌劇用的望遠鏡，氣沖沖地跑過來。

荷西非常專業，馬車上眾人的一舉一動他都瞭如指掌，他在遠處透過望遠鏡看演員的妝是否脱落，頭髮是否連戲？

其他武師由荷西補妝，但他的小黑箱中裝不了那麼多的材料，血漿和化瘀腫的油彩都忘記放進去，只有向愛姐借來用。

對於此事，荷西有點尷尬，下不了台，惟有向製作部咆哮：為甚麼不提早說有打傷的鏡頭？為甚麼不預先通知他馬車停下的位置，等等等等。

這就是澳洲人辦事與香港人的不同。不單是化妝部門，引申至副導演組、攝影組、美術組、道具服裝組，都是同樣，我們在外國拍戲拍得多，所有洋人皆跟不上香港人的步伐，尤其在德國或奧地利等國家，更是一板一眼，臨時有個甚麼變動，他們都受不了此種刺激。

服裝設計阿珊，氣憤憤地說：「女主角的妝，一化就化兩個鐘，不完美才怪。澳洲工作人員一星期才做六天事，連做七天會被勞工署告，他們每天工作十小時，過一個鐘補雙倍工資，再過一個鐘補三倍，都有法律保障，但香港工作人員呢？我們已習慣日夜顛倒的拍攝方法，又沒有那麼多的福利，僱用香港人才划算。我們都是又便宜又好，隨機應變，既靈活又迅速，但就是同人不同命！」

我安慰道：「話雖然如此，但是妳要知道港產片一向市場很小，比起美國像一個製造假花的家庭工業。就算做到平、靚、正的地步，但我們求其交得了貨，不求進步，妳沒看到古裝片的英雄，頭套上那道痕還是那麼地明顯嗎？那兩道鬍子還是那麼平貼地假嗎？我們現在有了外國市場，更應該改進才對，配合他們的制度和做法，加上我們的應變，才是天衣無縫。單單指責，是沒有用的。」

阿珊聽了說有點道理。

荷西第二天親自買菜，在餐車廚房裏弄了半天，煮了西班牙著名的大鑊飯

Paella，給外景隊吃，飯上鋪着螃蟹、蝦、青口、帶子、肉丸和各種蔬菜，相當地美味，大家嚐完都去拍他的肩膀。

愛姐和我在一旁陰陰笑：「要是我們來煮，三兩下子，弄個十道八道菜來，不氣死他才怪。」

打不死的阿根

看動作片，反映主角身手靈活的一個重要部份，是被打的武師。好一些從三樓摔下，撞爛了桌子和椅背，再大力跌在地上的人，就是那群打不死的武師。這個鏡頭從頭到尾不剪接，絕無虛假，而武師是為別人做替身；自己上陣，豈有找人替自己的道理？

如果你在錄影帶中留意觀察，便會注意到其中有個身材矮小，壯健如石，瞪大眼睛，嘴唇很厚的武師，這個人叫阿根。

近年來，成龍電影多數在異鄉拍攝，主角打的對手，當然是外國人。外國武師經驗不足，阿根要做替身的替身，白的、黑的，阿根都扮過，反正摔得最厲害的，一定是他。

在一部叫《龍兄虎弟》的片中，成龍要和多位領袖派來的六個黑人女子高手對打，我們千挑百選地由美國進口了六個學過空手道的，但一來之後，才發現不是每一個都會打，而且一兩個還極不聽話。

反正那些黑人女子個個樣子醜陋，成龍乾脆把不聽話的換了下來，由中國武師扮演。

阿根就塗黑了全身，戴着捲曲的假髮，厚着嘴唇，瞪大眼睛上陣，被成龍拳飛腳踢，打個落花流水。因為阿根扮得很像，後來拍特寫時，成龍也不避開，讓阿根親自擔任，保管觀眾看完，說甚麼也認不出是他。

問阿根是怎麼進這一行，當成武師的。

阿根說：「我哥哥在積奇那裏當武師，我便跟來玩。起初是替工作人員駕車當司機，吃飯時閒了下來，我便學人從高的地方跳下。積奇看到我的反應還算快，便叫我試試看，這一試，試到現在，十多年咯。」

「有沒有受過傷？」

學着洋人，用手敲敲木頭，阿根說：「摔倒是沒受過。我們都有保護關節的設備，藏在衣服裏，觀眾看不到，只要計算得準，摔下來時靠這些安全措施，便沒事。但是，做其他危險動作時就沒那麼幸運。」

阿根捲起褲腳，露出小腿的一道八吋的疤痕：「這是拍快艇追逐時的傷口。那場戲是我抓着快艇的邊，後面另一隻快艇追上，哪知道浪一大，把我整個人捲到後面快艇的螺旋槳上，斷了腳算是幸運的，要是打中頭，現在就不會和你聊天了。」

「那次傷了多久？」

阿根笑嘻嘻地：「筋、骨都斷掉，一趟，休息了整整三年。」

「那三年有沒有進賬？」

「有勞工意外保險，但是足足等了三年，才拿到保險金，要不是公司先拿錢出來，後果不堪設想。」

「你要養家的嗎？」

「我們一共有十二個兄弟姐妹。」

「同一個工廠？」

阿根笑了：「是我媽媽一個人生的。我們那層樓，由我供，所以現在還沒娶老婆。」

「拍拖呢？」

「和日本的成龍影迷拍過一次。她認得出我，要我的簽名，就那麼認識的。」

「為甚麼分手？」

「她父母反對，說我們這種人好賭，不會剩錢，養不了家。這倒也沒說錯，做武師的，生活在刺激裏，普通娛樂都不夠刺激，除了賭錢。」阿根說。

「你呢，你賭不賭？」

「也賭。不過有一點點分寸。」

副導演來叫，阿根上場，這一場戲是在一輛窄小的九人座位巴士中的打鬥，成龍一對五，打個天昏地暗。

車子駕過一個凹處，大力一跳，車中所有的人都被彈上車頂，只有阿根是禿頭，沒頭髮保護，頭頂開了花，血流如注。

請來的澳洲護士趕緊為阿根包紮傷口，普通人已昏倒，但阿根笑嘻嘻地說：「沒事，沒事。」

第二天，阿根照樣開工。說也奇怪，那麼長的一道傷口，已經結合起來。

「真的不要緊？」我問。

阿根說：「這不算是傷，真正的傷是那次斷腿。」

「有沒有甚麼後患？」

「身體好了，和從前的一樣，但是心理是受了影響。沒有傷過，以為自己甚麼都行，任何危險動作都不怕做。但是經過一次大傷，膽子就小了一點，這是一定的事。所以我很佩服大哥，受過那麼多次傷還能繼續下去。」

「你很崇拜他？」

阿根點頭：「我們在拍《A計劃續集》時，借了香港大學，有些大學生走過，用看不起的眼光看我。當時我的確有點自卑，但是大哥拍拍我的肩膀，說我比他們強得多，我很感動，一直記住。」

「一般人的印象，你們做武師的都喜歡打架！」我說。

阿根笑了：「工作時已經天天打，回到現實生活還打？腦筋一定有問題。」

龜公

中飯時間，負責伙食的人在草地上搭了一個大營帳，我們在清風下進食。

坐在我對面的是一個特約演員，戲中，他演一個打手，但樣子相當慈祥，帶點滑稽。

「你怎麼進入這一行的？」我問。了解對方，這是一個最好的開始，每一個踏人電影圈的人，都有一個很長的故事。

「從小爸媽就帶我去看電影。」他說：「由第一部電影開始，我就變成一隻電影甲蟲。」

這是外國人的一句俗語，受電影影響像被蟲咬了一下，從此不翻身。

「第一部看的電影是甚麼？」我問。

從答案，可知對方的年齡。《亂世佳人》的話，六十多七十歲；《賓虛》的話，五十多六十歲；《仙樂飄飄》的話，四十多五十歲；《週末狂熱》的話，三十多四十歲；《星球大戰》的話，二十多三十歲；《侏羅紀公園》的話，十幾二十歲；《獅子王》的話，只有幾歲。當《北非諜影》第一次公映，已是觀眾的話，那也許已老得不在人世了。

「我倒忘記了。」他說：「不過我看占士甸的《蕩母癡兒》一看就是二十多次。」

崇拜明星的年齡大概是十幾歲，占士甸已死三十多年，他的年紀已可算出。

「你今年四十八。」我說。

「你怎麼知道？」他大感好奇。

我微笑不語。

接着問他：「澳洲戲拍得不多，你做特約，生活能維持得下去嗎？」

「當然不行囉。」他說：「我們都把這一行當副業，大家都有正職的。」

「那你平時是幹甚麼的？」我問。

「我開夜總會的。」他帶點謙虛地：「不是很大間。」

「怎樣的夜總會？」

夜總會有很多種，吃飯的、表演的、喝酒的、伴舞的或者是男賓服務男賓的……

「跳桌上舞的。」他說。

所謂桌上舞，是由許多女郎坐在你前面的桌子上，將大腿和其重要部份給客人看。她們的身體，只有一條腿圈，讓客人把小費塞在圈內，除此之外，沒有其他衣物，但客人是不准與她們有任何的接觸。

「澳洲開這種地方的人多嗎？」

「我是第一個。」他自豪地。

「澳洲並非一個很開放的社會，」我說：「人民還是相當保守，有一套舊的道德水準。」

「可不是嗎。」他同意：「但是凡事總有一個開始呀，這也是學校中老師教的。」

「你怎會想到去開這間東西呢？」

他娓娓道來：「我年輕時性慾很旺盛，有很多女朋友，但是大家都窮得要命，時常捱麵包。年紀漸漸大了，我想，再這麼窮下去也不是辦法，女朋友們也同意。我的慾望也不再那麼厲害，她們的反而不減少，我就和她們商量，不如由我來做龜公，她們當妓女。」

「她們肯嗎？」

「她們一生也沒有好好享受過。」他說：「第一次賣了，得到錢大家到一間像樣的餐館大吃一餐，摸着肚子，說吃飽的感覺很好，做雞就做雞吧。」

「但是遇到討厭的客人，經驗總是不愉快的呀！」我指出。

「你說得對。」他點頭：「所以我想出這一招。男人總是好色，就給他們色看，看了不准動那個女的。女人已賣過身，給人家看也不當成一回大事，好過被人壓着，大家都舉手贊成。」

「你就那麼開起店來？」

「是的，起初沒有牌照就營業，一直被罰款。反正我賺到的錢比被罰的多，罰就罰吧，就那麼做下去。一做就做了幾年，沒發生過甚麼打架、醉酒的事。」他說。

「不怕被抄家關門嗎？」

「我也想過，不是辦法，就開始和政府打起官司來了。我說這麼多年，沒有對社會造成甚麼不良影響，文明進步的都市，需要各方面的娛樂，大人玩的地方也應該照顧到。陪審員起初不接受，後來也漸漸覺得有理。這官司你打贏我上訴，我打贏政府上訴，一拖又好幾年。最後一次，他們施壓力，派大隊警察衝進來搜查。我再告政府一條罪，說警察穿着那筆挺的制服，態度高傲，和德國蓋世太保有何兩樣？我告贏了，結果政府通過一條法律，不准穿制服的警察進入娛樂場所。至於發牌的官司，也告一段落，政府和我庭外和解，他們發牌給我，我那部份的律師費由我自己付，雖然花了不少錢，也是值得的。」

「現在賺大錢，還來當甚麼臨時演員？」我問。

他笑着回答：「衣食住行，能用幾個錢？做這一行女人接觸得多，也有一點冷感。還是電影好，百看不厭。當幾天演員過癮得很。我很想投資拍一部自傳，你有沒有興趣？」

「值得考慮，值得考慮。」我點頭。

傻豹

過去的成龍片子，都沒拍電影製作專集，這次決定出品一部一小時的紀錄片，以供觀眾欣賞一些幕後工作。這個紀錄片由香港來的陳星樺負責製作。

陳星樺是位做事勤力，但說話嗲聲嗲氣的女人，樣子頗好看，不像一般幹電影的男仔頭女性。她亦同時擔任與廣告商的聯絡，招請到許多大型廣告贊助此片。與對方談條件時，她又出嗲聲嗲氣那一招，把他們哄得團團亂轉，一切聽她的。

在化妝師傅愛姐家中做客開餐，飯後她主動地洗碗碟，很有家庭主婦風範，不像一些討厭的女子，搭完伙食拍拍屁股走那麼沒有教養。

我們常笑她說：「今後將成為好媳婦。」

多數女子都會搖頭說不是不是，謙虛一番，但陳星樺笑嘻嘻地直認不諱，我們只有加一個尾巴給她：「要是嫁得出去的話。」

陳星樺聽了學着台灣女子，嬌聲地說一聲：「討厭。」再繼續洗她的碗碟。

一晚，我們在拍夜班，八點鐘左右，來了一個電話，陳星樺哭喪着說：「房裏的東西都給人家偷了，現金不要緊，但是護照、身份證、信用卡、古董手錶、香港家裏的鎖匙、聯絡的電子簿，都完了。」

還以為澳洲是一個沒甚麼罪犯的國家，正認定它是很安全的時候，不幸地發生這宗案子。

「馬上報警，不然其他人的房間的東西會再不見。」我們吩咐。

她聽後即刻打電話到警署。

「甚麼事？」對方問。

「東西被人偷了。」她說。

對方唔的一聲：「有沒有人受傷？」

「沒有。」

對方又唔的一聲：「我們盡快派人來調查。」

一個鐘頭過去，沒來；兩個鐘頭過去，沒來；打電話詢問，說就來了。三個鐘頭過去，再催促，對方又客氣地說就來，到了四個鐘頭過去，還是不來。最後，警察署來電：「現在十二點，太晚了，我們明天早上十點鐘再來。」

第二天，還是等不到；第三天，同樣。

到了第四天，終於來了兩個穿制服的警察，拿了一大疊文件，東問西問，把過程一一詳細記下，夾入文件箱中。公事辦完，他們開始問陳星樺關於九七之後回歸大陸事，又自己發表大篇理論，才起身告辭。

陳星樺把那兩個警察送到隔壁的辦公室去，介紹了一些同事，說要是她不在，可以與同事聯絡。

事畢，陳星樺回到自己的房間，一看——

那一大疊文件的夾子在桌上，原來警察忘記把它帶回去。

「算了，破財擋災。」我們安慰她。

陳星樺點點頭，又去洗碗。

以為一切告一段落，星期天大家在休息時，一大早，各個房間的門鈴都作響，來了一個人，找不到陳星樺房號，只有逐家人問。

輪到我，打開門，看見一個穿着雨褸的人，樣子漫畫化，有點像傻豹中的那個人物。果然，他自我介紹：「我是探長。」

帶他去見陳星樺，她被吵醒，有點懊惱，劈頭地問那探長說：「你怎麼過了那麼多天才來？」

傻豹搓搓頭：「我試過打了很多電話給妳，妳的號碼字頭是〇〇一一，八五二，澳洲的手提電話沒有這種號碼的呀！」

「那是國際漫遊電話！」陳星樺差點喊了出來。

「國際漫遊？」他訝異：「妳是說妳的電話可以拿到澳洲來用？」

陳星樺看看我，我看看她。

「科技真發達！」傻豹感嘆：「那是說，我打給妳，要付長途電話費吧？怪不得打不通，我們局裏沒有IDD的服務，沒錢打國際電話。」我們不知道說甚麼才好。

傻豹繼續：「失竊是件小事，我們通常先做完重要的案件，才來處理的。你們也知道嘛，整個維多利亞省有三百五十萬人，我們只有一千五百個警察，平均兩千九百個人，才有一個警察，而且他們忙着抄違法泊車的牌，所以沒有那麼快才理到妳的案件，真對不起妳。」

真拿他沒辦法。傻豹翻了檔案，大叫：「原來你們是來拍成龍的片子的！我和我的兒子都是成龍的影迷。」

接着的一個小時之內，他如數家珍地把所有成龍的電影從頭説到尾，問的關於成龍的問題，數百條之多。對本來案件，提都不提。

我們向他大喝一聲：「你到底是探長還是記者？」

他聳聳肩：「記者和探長，還不是一樣？許多案件，都是《六十分鐘時事》那個節目的記者翻出來，我們才破得了案。別談這些，你們求成龍給我一張簽名的照片吧！」

「東西找回來，我們送你一件成龍簽名的皮夾克！」我們哭笑不得：「找不回來，休想！」

傻豹歡天喜地地走了，我們知道，他絕對找不回失物，也永遠得不到那皮夾克。

哈利友

我們的電影裏有場追逐的戲，成龍救了美人之後，十幾個歹徒追殺他，成龍用他的急智，躲進人群之中。

這堆所謂的「人群」，結果越弄越大，變成有幾十對騎着「哈利」電單車的地獄天使團體結婚，給成龍誤闖婚禮。

幫我們拍的，個個都是貨真價實的地獄天使，大鬍子，大肚腩，戴黑眼鏡，穿皮衣褲，長頭髮的男女。

普通人見到了怕得逃避，我和他們聊天，才知道對他們的印象是錯誤的。

「我們一有空，就到兒童醫院去，生病的小孩子們想試騎電單車的味道，我們載他們到郊外去走走，回到醫院，他們都說心情開朗得多了。」

原來這群哈利友是喜歡做善事的。

「除了小孩，我們也到老人院去。」一個大鬍子說：「你不知道，那群老人乘了電單車，多高興！其中還有一個是九十五歲的。」

「你們不務正業，錢哪裏來？」我問。

「誰說我們不務正業啦？我們都有正當的工作的。」說完他指着這個指着那個：「他是律師，他是餐廳老闆，他是水泥匠，他是銀行經理。」

「你們到處去，有沒有一個目的地？」我問。

「當然有啦。」大鬍子說：「我們這個會有八十幾個人，只要其中一個建議去甚麼地方，大家都贊同，由這個人帶隊，他便是領袖，我們個個輪流做領袖。」

「無端端地跑到人家的旅館，不把人家嚇壞才怪呢！」我說。

大鬍子笑了：「我們會預先打電話去的，我們幾十輛亮晶晶的哈利電單車停在旅館面前，也為他們做廣告，通常我們還很受歡迎的。」

「你們怎會愛上哈利這種電單車的？」這個問題我一直想知道。

「天下再沒有比哈利更漂亮的機器了。」大鬍子指着他自己的那一輛：「我一有錢，就添一點裝飾品，加呀加呀，車子就有自己的個性，你看我們這麼多輛車，沒有一輛是一樣的。」仔細觀察，果然都不同。

「一般人的印象，你們都很壞，你們真的很壞嗎？」我單刀直入地。

「壞？」大鬍子說：「我們一有時間就裝飾我們的車，哪有時間學壞呀？」

說得也有點道理。我問：「警察看到你，會不會找你麻煩。」

「會，」他說：「他們時時截停我，查我的身份證，我就拿出我的徽章給他們看，我也是一個警察。」

「地獄天使，最過癮的是甚麼事？」我問。

大鬍子說：「最過癮的，是載了我的太太，把車子停在一間高級餐廳前面，大搖大擺地走進去吃飯，人人都怕我們，把我們當成是妖怪，但一接觸，知道我們都是好人一個，大家都驚奇。我就是喜歡那個驚奇的表情。」

我笑了出來，想起最初遇到他，我的表情，也是那麼滑稽，他看了一定很樂。

大鬍子身邊的女伴，也和他一樣穿皮衣褲，長髮披肩，看起來也是近五十的人，有一份高貴的氣質。

「這是我的妻子。」大鬍子介紹：「平時做服裝設計的。」

她伸出手來讓我握。

「你們多多少少，都受了做過嬉皮士的影響，是不是？」我問。

她點頭：「那是一個美好的年代。現在過了，才知道它的美好，我們無拘無束，我們奔放自由。看目前年輕的一代，個個死盯着電腦，更覺得嬉皮士的可愛。到底我們可以向自己說：我們沒做錯過。」

「你們有孩子嗎？」

「都長大了。」他們同時回答：「現在唸大學。」

「父母親是地獄天使。」我問：「他們有甚麼想法，怕不怕給人家笑？」

大鬍子說：「他們不能接受我們的生活方式，就像我們不能接受我們父母親的生活方式一樣，但這不代表他們會恨我們，我們也沒恨過我們的父母。」

「青春期的反抗心理總有吧？」

「那個時期甚麼都反抗，和做地獄天使無關。父母親的教育對子女太過重要了。我小的時候，三更半夜，父親會把我叫醒，駕了車，到原野去數那無盡的星星，這個印象一直植根在我的腦中，也影響我後來的生活。當然，當我們有小孩的時候，也三更半夜帶他們去看星星。我想，他們長大後，也會帶他們的兒女去看星星。」大鬍子的太太一口氣地說。

「帶我去看星星。」我向他們說：「現在去，不會太遲吧。」

「不遲。」說完，他們走過來擁抱我。

何媽媽

奇怪吧？我也有過一位星媽。

當我很年輕、很年輕的時候，監製過一部叫《椰林春戀》的歌舞商業片，全部在馬來亞拍攝，沒有廠景。

女主角是當年最紅的何琍琍。

電影、生活照看得多，本人沒有見過，由公司派來。

聽到關於她的消息，不夠她媽媽多。

何媽媽是最典型的星媽，而當年的星媽，集經理人、宣傳經理、保母於一身，其權力和勢力，絕非當今影壇所能想像得到的。

電影圈中人，都說琍琍很隨和，沒有架子，親切可愛；最難搞的，是何媽媽。

年輕時天不怕地不怕，兵來將擋，何媽媽會有甚麼三頭六臂？

我們先到，把外景地看好，接着便打 Telex 回香港，那邊說由星加坡轉國內機，晚上某某鐘點抵達。

在小地方拍戲，大明星來到，是件轟動到可以調派政府軍的地步。我們的車輛直驅機場跑道，去迎接她們母女。

螺旋槳的小飛機抵埗，艙門打開，機場工作人員把扶梯推近，走出來的第一個人，便是何媽媽，她一身白色旗袍。最受注目的，也是印象最深的，是她戴着的白帽子，是貂皮做的。我的天，在南洋的大熱天中！

接着是琍琍。記者的鎂光燈閃個不停，何媽媽向各位微笑揮手，做足國家元首狀。琍琍的樣子依稀可在媽媽臉上看到，只是媽媽很瘦，變得臉有點長，兩隻腿露在旗袍外，像雞腳。

我這種小監製，當然不看在眼裏，沒打招呼。

一路回到旅館，門外已擠滿了影迷，至少上千人，根本就走不進去。當地警察開路，影迷不肯退讓，只好用卡賓槍的槍柄來撞，看到有些人被打得鼻青眼腫，還一直呼喊着琍琍的名字。

等到深夜，終於得到何媽媽的召見。

已下了妝，臉色有點枯黃，頭髮短而鬆，脱了帽子的關係，頭髮淩亂得很，樣子實在嚇人。

把手上那本人手抄寫油印，封面四個紅大字的劇本放在桌子上，何媽媽施下馬威：

「你知嗎，我們琍琍，是當今公司最寶貴的資產？」

「唔。」我回答：「怎麼啦？」

「你難道沒有看到，劇本上有一場在海邊游泳的戲？」

我以為何媽媽要反對琍琍穿泳衣，但又不是。

何媽媽說：「你這個當監製的，做好準備了沒有？」

「甚麼準備？」我給她弄糊塗了。

「海裏有鯊魚呀！」何媽媽宣佈：「萬一我們琍琍被鯊魚咬到怎麼辦？」

「淺水裏哪來的鯊魚？」我反問。

何媽媽翹起一邊眉毛：「你能保證？」

「這種事怎麼保證？」我也開始臉紅。

「所以問你有沒有做好準備呀！」何媽媽的聲音也越來越尖：「你可以叫人在外面釘好一層防鯊網呀！最少，你也應該準備一些鯊魚怕的藥水，放在水面，鯊魚才不敢來咬我們琍琍呀！」

已達到不可收拾地步，我爆發：「這簡直是無理取鬧，你們琍琍要拍就拍，不拍拉倒！」

這時候何琍琍走了出來，沒化妝，還是那麼美艷。她每講一句話都像撒嬌：「媽，那麼晚了，快睡覺吧，明天一早拍戲，蔡先生還有很多事要做，別煩人家了。」

何媽媽才罷休，臨行狠狠地望了我一眼，尖酸哀怨，令人不寒而慄。

倒祖宗十八代的霉，隔天就要拍這場游泳戲。

攝影組拉高三腳架，燈光組打好反光板，男主角、導演、助導、場記一群人都在那裏等待，但女主角說不肯下海，就不肯下海。

琍琍穿着蠻性感的泳衣，身材一流，荷里活明星比例都不夠她好。

但是沒有媽媽的許可，她不能動。

快把大家急死的時候，我領先脱了衣服，剩下條底褲，撲通一聲，跳下了海，向何媽媽說：「鯊魚要咬，先咬我！」

眾人望着她們母女，何媽媽最後只有答應琍琍拍這場戲，琍琍望着我，笑了一笑，好像是說我有辦法。

之後整部戲很順利地拍完。何媽媽也不像想像中那麼難應付，她出手大方，差不多每天都添菜宴請工作人員。

殺青那晚，大家出去慶祝，我留在酒店中算賬，從窗口望出，見何媽媽一個人在走廊徘徊。

原來何爸爸也跟着大夥來拍外景，而何爸爸在吉隆坡有位二奶，臨返港之前和她溫存去也。

我停下筆，走出去，把矮小枯瘦可憐的何媽媽抱在懷裏，像查理．布朗抱着史諾比，何媽媽這時才放聲大哭。

「我的兒呀！」她嗚咽。

從此，我變成何媽媽的兒子，她認定我了。

電影圈中，我遇到任何困難，何媽媽必代我出頭，百般呵護。何媽媽雖然去世得早，我能吃電影飯數十年，冥冥之中，像是她保佑的。

石太太

出遠門之後，返港的第一件事便是看完所有的報紙和雜誌，已黎明。一夜不眠，飢火燎原，到九龍城賈炳達道的「富瑤」去喝早茶，成為習慣。

同桌的老太太，面目慈祥，把啃完的排骨骨頭整齊地放在碟子中，我心中暗叫好時，她向我說：「記得我嗎？我是石堅的妻子。」

對。在邵氏片廠見過她。

「石先生好嗎？」我問。

「好。」她回答：「行路不太方便，很少出門。」

「石先生有多少兒女？」

「四個兒子，兩個女兒。五個內孫，兩個外孫。」她說：「你想問我是不是我一個人生的是嗎？我們那一代，男人遇到朋友，總是問：你有幾頭家？我爺爺有四位太太，父親也有四個。石堅很好，只有我這麼一個老婆。是的，這些兒女都是我一個人生的。」

我笑了出來。

石太太嘆了一口氣：「這好像是一個人生的數目字，代表了我們做人的成績。」

跟着她說：「蔡先生，我想問你們男人一個問題。是不是每一個男人都要有幾個女人的？請你別誤會，我雖然是個基督教徒，但我沒有道德上的包袱。」

「有些男人是需要多幾個女人的。」我回答：「但是有些男人連一個女人都搞不掂。我們男人也只是動物，動物有繁殖下一代的本能，現代的人類學家都證實這一點，和好色是無關的。」

石太太點點頭，好像接受了我的解釋。

「富瑤」的老闆也姓石，我們這些熟客一去，他都準備一碗湯給我們喝，用大量的薑片做底，中間放很多鯇魚片，上面再鋪滿滿的一層芫荽，清燉後上桌。這碗湯，早上來喝，解酒提神，比甚麼山珍海味更好。

我把湯和石太太分享，繼續聊天。

「還時不時常和關德興師傅來往？」我問。

石太太搖搖頭：「他們兩人的性格完全不同，關先生好動，我先生好靜。」一般人的印象，是剛好相反的。

「從前還在一起飲茶。」石太太說：「不過關先生人面廣，一出門弟子們一大班一齊去。我們不愛熱鬧，後來便少和他一塊吃東西了。」

石太太說的都是事實，並非講關師傅的壞話。

「黃飛鴻片集拍得不少，石先生在那時也應該賺了不少錢吧？」我們兩人都上了年紀，不必轉彎抹角地問問題，便單刀直入地。

「不。」石太太說：「最初關先生拿六百，石堅拿三百，後來曹達華紅了，和關先生一樣收一千，我們還是三百。最後他們兩人越拿越多，工作人員跑來告訴我，我叫石堅去向製片多要一點，給他罵了一頓。」

當年的製片也叫片蛇，這裏賣賣、那裏賣賣海外版權，拿到一部片的投資額，便開拍三部電影。

「是的。」她也記起了：「有個叫大蛇陳的，有了錢嘴上咬着的香煙向上翹，沒錢的時候便向下垂。其實他要是好好拍，三部戲中總能賺到一筆，可以維持下去，但是這個大蛇陳又好賭，輸個清光，便不付錢給石堅。」

「這個大蛇陳還在嗎？」

「早就走了。」石太太說，「其實在黃飛鴻片集時，石堅並沒賺到甚麼錢，真正能有點儲蓄，是拍陳寶珠戲的時候，片酬才多了一點。」

「石先生為甚麼學武的？他年輕時是不是很好勝？」

「不，不。」石太太說：「石堅習拳，是因為小時候身體弱，學來健身的。」

「石先生有甚麼興趣？在家做些甚麼？」

「石堅不賭馬也不賭狗。」石太太說：「連麻將也不打。」

「看書呢？」

「看看報紙雜誌。」石太太說：「書少看了，眼睛不好，字太小，看得吃力。」

「除此之外呢？」

「石堅愛養些風水魚。」石太太說：「有時對着魚缸，比看電視還好看。」

「石先生是不是和您一樣，是位基督徒？」

「不。」石太太的答案令我意外：「石堅這個人不需要宗教，他一直自得其樂，對人生的要求不高。做人要有甚麼目的？這個問題對他來講並不重要。他是在年紀大後，時常陪我去教堂，才成為信徒，我覺得他做不做信徒，都不要緊的。」

「石先生一直演反派，十幾年前又賣奸人糖的廣告，扮演的角色，對現實生活做人有沒有甚麼影響？」這是我最想知道的。

「有些人很介意別人對他的印象。」石太太說：「那是為了別人而活。石堅和我，從年輕到現在，都是為自己而活，怎會有甚麼影響呢？」

謝幕

看了《明周》黃麗玲寫陳厚和樂蒂的文章，勾起一段往事。樂蒂本人我並沒見過，我現在把我認識的陳厚記載下來，當一個記錄。

任何人，一生下來都走向死亡，你也有一天會老。和陳厚邂逅時他三十八歲，當今不算多大，但他已由一個當紅的小生被我逼去演一個當父親的角色。

那時候我的職位是製片，公司交一個劇本給你，你將片子完成後交來，一切大小事務你全權主理，權力比現在的監製還要大。和大明星交往起來，並不因為自己無經驗而被歧視。

陳厚主演最後的三部片子《裸屍痛》、《女校春色》和《南海情歌》，都是我製片，每日相對，談天的時候多了，建立深厚的感情。

畢業於上海聖芳濟的陳厚，可以說是一位知識分子，亦喜歡閱讀和旅行，我們有共同的話題，我對人生的認識尚淺，有許多他告訴我的哲理都不了解，但是從他身上學習到的受益不淺。

像君子之交，我從沒有主動地問他的妻子樂蒂為甚麼自殺。有些私人問題，雖是外界議論紛紛，但見面時總互相避免提及，這是交友的基本。

佩服的是看到陳厚每一次演繹角色，都有三四種以上的方法。他向我說：「我拍的多數是喜劇，我不知道導演想怎麼處理劇本，所以要這麼做來試探他。

「也許他要把整部戲弄得瘋狂誇張，或者他壓抑成清新幽默，我沒有力量去改變。當一個演員，只有盡力的把各種反應和表情提供給導演去選擇。我只能刺激他的想像力，並不是每一個導演看完劇本就知道他心目中要的是甚麼。」

當然，荷里活的鉅星能左右一部戲的格調，但是在陳厚演的年代，不管你有多麼紅，演員只是一個演員，他演的是喜劇，感到的相反。

在《南海情歌》那部戲裏，我們租了一艘大郵輪，從香港航行到新加坡。短短的四、五天中要拍完大部份的戲，日夜拍攝，身體有病，但我們都不知道的陳厚，沒工作就躲在船艙裏，和他談天機會少了。

反而是另一個主角楊帆的接觸多。他剛演過一部叫《瘋戀詩》的青春片子，大紅大紫，心情興奮得不得了，喋喋不休地告訴我他的離婚，並非自己的錯。楊帆生得高大，樣子比當今看到的男模特兒還要帥得多，今日紅遍影壇的男主角也沒他那麼俊俏，迷死眾多少女。

陳厚以欣賞的目光看着楊帆，大概也在想楊帆得到的寵愛，都是他經驗過的。當楊帆誇大的議論人生真諦時，陳厚只是微笑不語。

郵輪由英國公司經營，一切依足傳統，每天下午四點鐘一定有茶點供應，就算我們的工作進行得如火如荼，到了那一刻鐘，穿着白色制服的職員總叫我們把一切放下，喝杯又苦又澀的英國茶。楊帆與我初顯得不耐煩，但是陳厚似乎很享受這個時光，輪不到他演戲時也身穿一套航海西裝，從船艙裏走出來先把鮮奶注入杯子，再倒茶喝，然後吃一口青瓜三文治，談起王爾德書上的情節。

陳厚的英文底子很深，又喜莎士比亞戲劇，我們一人一句，把《凱撒大帝》的馬克．安東尼的演講詞朗誦：從「朋友，羅馬人，國民們，借個耳朵聽聽吧！」開始，然後整篇背出，樂趣無窮。向來一出現就把話題全部攏在自己身上的楊帆，插不入嘴。

拍攝順利完成，船抵達新加坡時，是下午五點半，海關已經下班。我們不能辦理入境手續，只有在船上住一夜，翌日才上岸。

那時候影迷的熱誠是當今看不到的，數千人得知我們還在船上，共包了幾百艘小艇從岸邊排列成隊伍迎來，整個海都是人龍，蔚為奇觀。

一向見慣大場面的陳厚，回到房內換了一套深藍色的西裝，悠閒地走出來，雙手擱在郵輪的欄杆上，左腳蹺在右小腿上，等候影迷們的喝采。

忽然，聽到一聲高呼：「楊帆！楊帆！」

遠方的影迷看不到是誰，大聲叫出。

我站在陳厚旁邊，很清楚看到他把那隻盤着的腳伸直，從容地整理一下被風吹得微亂的頭髮，向我微笑一下，一鞠躬，退入客房。

這個印象永不磨滅。我從此得知年華消逝的道理，生命中的一切光輝，都有暗下去的一刻。學陳厚那樣，優雅地謝幕吧！

一年後，陳厚因腸癌而逝世，我在醫院看他的時候，他說：「當演員，是不能卸妝的，怎麼樣也要留着美好的形象給觀眾，我的病，樣子會越來越難看，還是離開香港的好。去紐約，那裏沒有人認識我，可以安詳地走完這一程路！」

楊帆過於自戀，走過鏡子，一定照一照自己的樣子，事業走下坡的時候回到台灣，不能接受事實，最後神經失常，當今下落不明。這是不肯謝幕者的收場。

悼張徹

第一次遇到張徹，他已經四十出頭，但還是很憤怒，不滿目前的工作，對電影抱着自己一套的理想。

跟他一齊來富都酒店找我的是羅烈和午馬，二十幾歲的小伙子，傍着張徹吃吃喝喝。

張徹大談中國電影為甚麼不能起飛？甚麼時候才可和荷里活作品爭一長短？身高六呎的他，穿着窄筒的褲子，留着一撮鈎狀的短髮，掛在前額，不斷地用手指整理。

乘他走開時，羅烈偷偷告訴我：「他原本是徐增宏的副導演，也寫劇本，後來自己拍了一部，公司很不滿意，說要燒掉。」

徐增宏，綽號毛毛，攝影師出身的天之驕子導演。太年輕出道，喜歡罵工作人員，據午馬說張徹給他罵得最厲害了。

當年，我被邵逸夫先生派去東京，當邵氏駐日本經理，半工讀，負責購買日本片在東南亞放映的工作。香港沒有彩色沖印，拍完後送到東洋現像所，拷貝送去之前由我檢查，所以也看了所有的邵氏出品。

後來看到張徹的《獨臂刀》，實在是令我耳目一新，拍出了他談過的真實感和陽剛之氣。

儘管他已成為了很有勢力的所謂「百萬導演」，我人在日本，不知他的威風。當公司說他要來拍《金燕子》這部戲的外景，我負責製作，重逢時還是當普通同事看待，平起平坐，公事公辦。

研究完劇本後，我們在一家日本壽司店的櫃檯坐下，張徹不停地用他的打火機叮的一聲打火抽煙，又不停地用鋼筆做筆記，還有最奇怪的是，他不停地玩弄露在西裝外的袖口，我對他那些怪動作不以為意，到最後他忍不住了問：「你沒注意到打火機、鋼筆和袖口釦是一套的嗎？」

在拍攝現場，張徹大罵人，罵得很兇，對副導演、道具和服裝，一不稱心，即刻破口大罵。張徹似乎在徐增宏身上學到的，是罵人。

我覺得人與人之間，總要保持一份互相的尊敬，但張徹絕不同意。每一個人都不同，只有由他去了。

當年張徹的片子，除了武打，還帶一份詩意，在《金燕子》中，他自己寫字（他的書法不錯），把字放大在片廠的白色牆壁上，再由一身白衣的男主角王羽慢動作走向鏡頭。我很欣賞這場戲，但是午馬說大陸片《林沖夜奔》也出現過；我沒看過那部電影，不知道張徹是否抄襲別人的。

金燕子這個角色是承繼了胡金銓拍的《大醉俠》中的女捕快，由鄭佩佩扮演，她當年也是邵氏的大牌，公司讓她來東京學舞蹈，由我照顧她的起居。佩佩早聞張徹一向喜歡男性為主的電影，肯不肯接他的戲，還是一個問題，張徹來到日本之後，花了整個晚上說服她，她才是真正的女主角。不過，當片子拍出來之後，戲還是放在王羽身上。

當大家工作一天辛苦之後，都跳進旅館的大池子泡的時候，工作人員就從來沒有看過張徹出現。房間沒浴室，也不見他三更半夜偷偷跑出來沖涼，一連兩個禮拜，謠言就四起了。日本職員紛紛議論：「導演是不是Okama？」

Okama，日語屁精的意思。

到底是不是呢？張徹從來沒有和女主角鬧過緋聞，後來也娶了梁麗嫦為妻；在當年呼風喚雨的地位上，張徹要利用權威搞同性戀的話，機會大把。

不，我並不認為張徹有斷袖之癖。

張徹的同性戀是屬於精神上的，有點像《死在威尼斯》的音樂家暗戀美少年的味道。他一向欣賞男人的肌膚筋骨，大多數片子的男主角在決鬥之前總是脫光上身，打殺至血淋淋為止。

就算是對長得極美貌的傅聲，張徹也只像小狗一樣摸摸他的頭，從來不見他有任何「越軌」的行動。我可以說得上是一個很了解張徹的人，到底，我們共事了二十年。

王羽離去之後，張徹培養了第二代的姜大衞和狄龍，他們翅膀豐滿後張徹又把陳觀泰捧為銀星，第四代的又有傅聲，第五代是一群台灣來的新人。

暴力在張徹的電影佔極重要的位置，《馬永貞》具代表性，陳觀泰光着身子和拿着小斧頭的歹徒對斬，血液四濺。

道具血漿是日本方面進口的，一加侖一加侖用塑膠罐空運而來。日本血漿最好用，可濃可稀。又可以裝進一個避孕套中放進口裏，被對方重拳擊中胸口，演員用牙咬破套子，由口噴出。而且，道具血漿主要原料為蜜糖。吞下肚也是美味。

血還滿足不了張徹，壞人的武器叫道具設計成鐵鉤，要把腸也挖出來才算過癮。

當年電檢處高官拉彭和我們關係良好，他的思想又開放，張徹怎麼搞都不皺一下眉頭，但是新加坡和馬來西亞的就沒那麼客氣，張徹的片子送檢總有問題。發行工作由我哥哥蔡丹負責，他在片子上映前總得四處奔跑，才獲通過。

星馬是一個很重要的市場，邵氏公司再三要求張徹不要拍得那麼血腥，但張徹一意孤行，照拍他的破肚子、挖血腸的結局。

張徹在高峰期一口氣同時拍四五部電影。

邵氏的十四個攝影棚他要佔七八個，待他一天可以拍兩三組戲，但從第二棚走到第五六棚，他都不肯走路過去。

住的是影棚附近的宿舍，一下樓就坐上車子，拍完戲坐車回來。中間，他聯合了董千里和楊彥歧，三人一齊和邵逸夫先生開會，訂出製作大計。

因為他導演的每一部戲都賺錢，多多益善，三人獻計，創造出「聯合導演」的方案：張徹掛名，由桂治洪、孫仲、鮑學禮等年輕一輩導演去拍，張徹只看毛片，決定戲的好壞，是否要重拍等等，後來演變為監製制度，和執行導演的制度，影響至今。

年輕導演總有點理想，希望在片中加點藝術性或探討社會性的東西進去，商業路線就走歪了，變得不賣座。張徹絕對不允許這些行為，又開始大罵人，我親眼看到一些已經三十多歲的導演被張徹罵得淌出眼淚來，深感同情，對張徹甚不以為然，發誓有一天和他碰上，一定和他大打出手。張徹從不運動，打不過我的。

但是我們之間好像沒有衝突過，他一有空就跑到我的辦公室，聊聊文學和書法，喝杯茶；偶爾也約金庸先生和倪匡兄一齊去吃上海菜。這期間，倪匡兄為他寫的劇本最多，大家坐下來閒談一會兒，主意就出來了，倪匡兄照樣說：「好，一個星期內交貨。」

其實，他三天就寫好，放在抽屜中再過四天後等人來拿。

劇本是手抄後用炭紙油印出來裝釘的，張徹在等攝影組打光的時候，用筆在動作和對白之間畫線，分出鏡頭來。夏天炎熱，整個片廠只有李翰祥和他有一台移動冷氣機，由這個角落搬到那個角落，只在分鏡頭時，張徹沒有開口罵人。

一九七四年他在香港感到了製作上的限制，向邵逸夫先生提出組織自己的公司「長弓」，帶了一大隊人去台灣拍戲，資金由邵氏出，張徹自負盈虧，但票房收益可以分紅。

這是張徹兵團走下坡的開始。在台灣的製作並不理想，兩年後就結束了長弓公司，欠下邵氏巨額的債務。

換做別人，一走了之，但是張徹遵守合約，用導演費來付清欠款，一共要為邵氏拍二十幾部戲抵還。每天再由片場回到宿舍，從宿舍到片場，一個攝影棚到另一個攝影棚，劇本上的鏡頭分了又分。

因為他完全不走動，骨頭退化，腰逐漸彎了。有一天，從樓上走到車子，司機等了好久，從倒後鏡中也不見人，打開門去看，才知道張徹倒在地下，動也不動。

病過之後，他照樣每天拍戲，閒時又來我的辦公室喝茶，向我說：「人在不如意時，可以自修。」

我在張徹鼓勵之下，做很多與電影無關的學問，但張徹本人能勸人，自己卻停留着。動作片的潮流更換了又更換，李小龍的魄力、成龍的喜感、周潤發的槍戰等等等等，張徹的動作，還是京劇北派式的打鬥，一拳一腳。

合約滿了，張徹到大陸去拍戲，帶動了早期內地的武打片，至今的許多電視動作片集中，還能看到他的影子。

從電影賺到的錢，張徹完全投資回去，有過光輝的人，不肯退出舞台。我曾經寫過，張徹像他戲中的英雄，站在那裏被人射了一身的箭，還是企立不倒。

我在嘉禾的那段日子，和張徹的聯絡沒中斷過。出來吃飯時他的聽覺已經喪失，眼又不大看到東西，互相的對話有困難，就用傳真書信；張徹的身體不行，但思想還是那麼靈活，傳真機中不停地打印出他種種的要求。

也曾經幫他賣過一些小地方的版權，張徹在大陸拍的戲，我沒有力量為他在香港發行。

老態越來越嚴重的他，年紀並不比李翰祥大。李翰祥在晚年還是大魚大肉到處跑的時候，張徹已經連門口也不踏出一步了。

二〇〇二年四月，香港電影金像獎發出「終身成就獎」給他時看到他的照片，已覺慘不忍睹。英雄，是的，不許見白頭。

我一方面很惦記他，一方面希望他早點離去。

不能夠平息心中的內疚，我只有怨毒地：「當年那麼愛罵人，罪有應得！」但是，這是多麼可憐的想法。

張徹終於在二〇〇二年六月二十二日逝世。後事由邵氏和他的太太及一班契仔處理，邵逸夫爵士對這位老臣子不薄，一直讓他住在宿舍裏頭。

書至此，半夜三點，三藩市中午十二點，打電話給倪匡兄。他也看到了報紙。

「臨走之前，他的頭腦還是很清醒的。」我說。

倪匡兄大笑四聲：「人老了，頭腦清醒，身體不動，有甚麼用？不如老人癡呆症，身體還好，頭腦不行，像個小孩，或像老頑童，那才好。張徹這個老朋友，也認識了四十多年，早點走，好過賴在那裏不走。」

胡金銓

又一位朋友離我而去。

記得家父常說：「老友是古董瓷器，打爛一件，不見一件。」

家中掛着一幅胡金銓的畫，描寫北京街頭燒餅油條小販的辛勤。他沒有正式上過美術課，其實，他也沒有正式上過任何課，但樣樣精通，英文也是自修。畫，是在攝影棚中隨手撿來的手藝之一。

金銓電影的畫面，常有宋人山水的意境，如花似霧地引出渺小的路人，或是書生，也許是大俠，每一幅都是用鏡頭畫上去的佳作。

因為當年政治因素，並不允許他到大陸拍外景，他只有利用台灣或韓國的峻嶺來重現。山水畫中，雲朵的位置十分重要，他叫了大批工作人員去放煙。小小的發煙筒不夠用，當地製作環境又惡劣，胡金銓跑到農夫家裏，把他的殺蟲噴霧機買了下來，看準風向，製造煙霧，構圖完美。

土法煉鋼，佔了他的作品中極大的部份。在他不斷的要求下，武俠電影才有了真實感。

《大醉俠》之前，男女主角用的刀劍，都以木條包錫箔充數，胡金銓叫道具找了鋼片，鋸出劍形，打磨之下，那把劍舞了起來，霍霍生風，微微顫抖，才是中國電影中第一把像劍的劍。

胡金銓對元朝有特別鍾愛，所以對服飾也有很深的研究，重要的是穿在人物身上，他要求是一件平時也可以穿的衣服，絕非唱大戲中的服裝。在他的作品中，單單欣賞這一點，已有滿足感。

至於髮飾，胡金銓深惡戴起來額前還有一道膠水痕的假髮，他寧願利用演員的真髮，再加上假髻來造型。胡金銓之後，港台兩地製作了不少古裝武俠片，但沒有一部有時代考據，片中的男女主角，還是很退步地，在額前有一道膠水痕，至今如此。

因對細節的要求而影響電影拍攝的進度，胡金銓一拍就是一年；在以三十天製作一部的電影黃金時代來說，是件不可饒恕的事，胡金銓電影的謠言四飛。

為了求證，我問過他：「人家說你的搭外景石階，要灑水，等它長出青苔才拍，有沒有這一回事？」

胡金銓哈哈大笑：「要看起來長滿青苔，還不容易？只要把木屑浸濕，加綠色染料，一把一把打向石階，誰也看不出是真是假。」

「那麼大廳中的圓柱呢？人家說要砍一棵那麼大的樹幹，你才收貨。」

胡金銓再次大笑：「中間空的，用木頭包起來漆紅的柱子，的確不像樣子。我的方法是拿噴火筒來將木頭表面燒焦，再用砂紙一磨，木紋不就都顯出來嗎？」

拍《俠女》時進度慢，照我知道，也不全是他的責任，製片廠想搭一條永久性的街道，留着以後所有古裝片用，也是原因之一；胡金銓花了畢生精力，一磚一瓦設計，當中他並沒有領取美術指導的費用。

此片用的電影技巧，令資深的外國電影工作者驚訝：「女主角徐楓在奔跑的那個鏡頭，攝影機跟得那麼長、那麼久，怎樣把焦點對得那麼準？」

問他竅門，胡金銓輕描淡寫地：「我用一條長繩，一頭綁在攝影師的腰部，另一頭綁在徐楓的腰部，叫她繞着圓圈跑，焦點怎麼會不準呢？」

閒時，胡金銓便讀書，他屬於過目不忘的那種人。金庸、倪匡都是，他們一談《三國》，甚麼人的名字，穿甚麼衣服，講過甚麼話，都能一一背出。

這種人身邊有許多朋友，但他們都渴望和水準相同的人談話，講些甚麼一提即通，但並非每天都有這種機會，所以相當地寂寞。

胡金銓的北京情意結，不止於他送我的那幅畫，他敬仰熟悉北京的作者老舍，曾經到世界各個圖書館找尋資料，要為老舍作一傳記。雖然他也出版過一本研究老舍的書，但他本人並不滿意，說只能當成一篇序罷了。

晚年，他獨居洛杉磯，沒有工作，生活費怎樣來的？老友們都打趣說他還是在領取「美國之音」的政治佣金，這當然是笑話。

胡金銓的起居簡單，近年又有本港一家週刊的散文稿費支持，聽說數目不菲，這點要感謝他們。

有位少女仰慕他的才華，一直跟着他在美國居住，我們這群朋友聽了也老懷歡慰。

這麼一位有學問的導演，在外國已是人間國寶，他在得不到任何援助之下，還是不放棄地籌備着一部美國華工史詩，做了很多資料搜集，這部片的題名叫《I Go, Oh No!》，在美國的確有兩個 I Go 和 Oh No 的市鎮，他都走過。希望接班的電影人，記得胡金銓的教訓，別讓我們看到男女主角的額上，有道膠水痕。

胡金銓擦臉的動作與一般人不同，他是左手握着酒杯，右手撫着額頭，一二三地從上到下，唰的一聲擦下。然後瞪着他那兩隻大眼睛，笑嘻嘻地望着你，記憶猶新。

導演，安息吧，您在中國電影歷史上已留名，每一個人都有達不到的願望，您已得七八成，可以放下一切，往生西方，早成佛道。

論李安

終於在戲院中看了《Life of Pi》，中文名譯為《少年PI的奇幻漂流》，並不討好。

沒有讓觀眾失望，雖然後座的小孩一直向父母投訴看不懂。它不是一部兒童電影，只留給他們一個印象，長大後重看才明白。

有些人喜歡拿原著比較，批評少了討論宗教的部份，深度不夠。對荷里活製片家們來說，已經着墨太多，而不耐煩了。我倒覺得恰到好處，說明了這個內心純潔，對世界充滿了愛的少年，已經足夠。

反而書中描述不出的，有如倒映在鏡面大海的晚霞，飛魚群、鯨魚、老虎和海島那種又真實又半夢半醒之間的形象，豐富了故事的內容。立體電影可以這麼拍的，占士金馬倫也想像不到。

通常，在製作和導演之間的立場是對立的，荷里活當然會要求李安把法國廚子吃人的情節也拍了進去，這種驚駭的畫面始終能賣多幾個錢。相信李安最初也屈服，所以用了法國巨星 Gerard Depardieu 來拍。最後，還是被導演剪掉了，在李安慈悲的胸懷之中，以對白來交代，已經是容忍的極限了。

戲拍完後，導演總得根據合約，到各國去做宣傳，李安最多被傳媒問的，應該是電影的主題吧。他回答說：「我們懷疑所有美好的，又拒絕承認現實的殘酷。」

這也是小說的主題。它給我們兩個版本，挑戰讀者去選好一個答案，最顯然不過了，相信這也是吸引李安去拍這部電影的主要原因。

那隻老虎代表了甚麼？李安說這不好說，最後還是說了，那是一種恐懼感，讓自己提高警覺的心態。心理狀態是生存跟求知跟學習最好的狀況，如果害怕了，自己也懶惰算了，就很容易陳腐，很容易被淘汰的。

在李安的電影生涯中，他不斷地在這種心態中掙扎，拍出不同的電影，有時得獎，有時也被這隻老虎咬傷，像拍《變形俠醫》時，他一不小心，想走出漫畫的框框，研究人物的心理狀態。漫畫就是漫畫嘛，研究來幹甚麼？

從前的導演，知識分子居多；當今的，就是缺少了書生的氣質。有了讀書人的底子，就能把文字化為第一等的形象出來，任何題材都能拍，都能去挑戰，創造出經典來。李安是目前少有的一個知識分子，我們可以在《理智與感情》中看出他的文學修養，已經跨越了國籍，英國人也不一定拍得出那麼英國的電影來。

這當然要有很強的基礎，從父親三部曲中建立起來，在拍《飲食男女》時已超越了國界，故事和手法皆受國際觀眾接受與讚賞，後來外國導演還用這個故事拍為其他版本。

在拍《臥虎藏龍》時，他的武俠片中的招數都是合情合理，穩穩陣陣，才不會被國際觀眾當為天方夜譚，這才是成為一個國際性導演的基本條件。

但是到了荷里活，就得玩製片家的遊戲，甚麼超出預算的保險，甚麼不能亂改劇本的限制等等，《冰風暴》和《與魔鬼共舞》應該是犧牲品。只有在夾縫中求生存，和老虎格鬥一樣，最後在《斷背山》中取得勝利。

有位心理學家說，男人身上總存有一點點的同性戀傾向，李安有沒有大家不知道，不過在這一方面，他應該是熟悉的，從《喜宴》一片中可以看出端倪，在《斷背山》更是發揚光大了。

可以說的是他對異性戀的認識也不深，拍《色．戒》時，他說拍得很辛苦。對一個喜歡女人的男人，怎會說這種話呢？其實，連女人的身體構造，他都沒有研究清楚，一個沒有性經驗的女人，乳頭怎麼那麼黑？如果他多做功夫，至少也會叫化妝師化它一化吧？

不知道李安的下一部戲會選甚麼題材，總之非常之期待。一個人的個性是很影響到他的作品的，李安很溫文爾雅，許多文學巨著弄到他手上，都會有更深一層的演繹吧？他說過，以他目前的地位，再拍多十多二十年爛片，也有人肯出錢，當然，他不會那麼做，他的選擇很多：戰爭片、科幻片、恐怖片等等。

會不會拍喜劇呢？他不像一個放得下的人，也許會有他輕鬆的一面，拍一部讓觀眾笑一笑吧？也應該是時候了，總不必一直和老虎搏鬥下去吧。

也許，宗教電影也可以考慮，拍一部《釋迦》，如何？

不回來的朋友

我們在紐約看外景，當地的製作人説有一部低成本的電影在附近拍，問我們有沒有興趣順便看看，當然點頭。

這是一部打鬥片，製作成本只是三十萬美金。拍成後賣給錄影帶公司和電視，會有點小錢賺。

拍攝地點是武館，由一家破爛的小教堂改裝。

教堂主人是一位藝術家，普通的住宅放不下他越來越多的作品，最後只有把這間小教堂租下，才夠空間。

一看，所謂的作品，是一堆一堆的鐵管，胡亂地綁在一起，就是他嘔心瀝血的藝術品了，有些還由天井上吊下來。雖然與武館景無關，電影的美術設計將這些爛銅爛鐵移在一邊，也不完全搬走。因為教堂主人説，要是讓他的作品在銀幕上露一露相，可以少收一點租金。

紐約很可愛，是個可以讓這群藝術家生存下去的地方。

教堂中間掛着一塊巨大的白布，布上寫了一個大「禪」字，是這部武術片的主題。

男主角為一高大的黑人，光頭，有鬍子，面孔慈祥，三十歲左右，他正在仔細地聽師父的教導。

師父說：「這些年下來，你也學到不少東西，現在我老了，把這間武館傳給你。」

英語相當地純正，演師父的人，上了年紀的觀眾會記得他；年輕觀眾也會常在粵語殘片中看到他的出現。此人眼睛很大，眼球有點凸出，眼眶略黑，顴骨高，削削瘦瘦，常演反派，對，他就是龍剛了。

龍剛見到我們，拍完這鏡頭後前來打招呼，我們怕影響拍戲進度，寒暄了幾句，約好隔幾天吃飯，便告辭了。

替我們做當地聯絡的雷自然和龍剛很熟，告訴我們一些事：「龍剛在紐約甚麼都做，他還開了一個太極拳班，收徒弟呢。」

「他的功夫了得嗎？」我們問。

雷自然說：「他用一根手指，就可以將一個大漢推得倒退幾步。」
「真的？」我們驚奇。
「真的。」雷自然說她親眼見過。
紐約天氣真冷，眼看要下雪，但又下不成，昏昏暗暗地，下午三點半鐘已經開始天暗。
我們到了一家叫「山王飯店」的所謂上海館子，食物份量極大，做出來的菜，像山東多過上海。
龍剛準時抵達，帶着他太太，和一位五六歲大的兒子。太太樣子賢淑，聽說在一家美國的大股票公司做事，職位相當高；兒子很可愛，有點老人精味道，但不是討厭的那種。
替龍剛算算，他應該有六十多歲了，但直接問他時，他半開玩笑地說：「當我是五十七八好了。」
「你不拍戲時，做些甚麼？」我們問。
「唔。」他說：「拍戲只是過過癮，我來了美國這麼多年，一共也拍不到幾部電影，我主要的是每天在讀書。」

「讀書？」

「是的。」龍剛做個幸福的表情：「在美國，尤其是在紐約，上了年紀的人要讀書，政府是鼓勵的，有獎學金、補助金、無利息的貸款，分期付賬等等，總之學費便宜得沒人相信，有甚麼比讀書更好？」

「學些甚麼？」

「電影。」龍剛說。

「電影？」我們好奇：「你還用學嗎？你前前後後，至少拍了近一百部，也導過二三十部，《英雄本色》、《應召女郎》都是你導的，還要上電影課？」

「NYU大學的電影，是世界最好的電影課程，我在那裏學到的，和我以前做的完全不同，怎麼可以做比較呢？」

「除了學電影，還學些甚麼？」

「還有演技呀、發音呀，單單是一門電影，已學不完。不過我也上油畫課，大學裏有全美國最好的繪畫老師教導。」

「聽說你的書法已很有根底的。」

龍剛謙虛地：「你們來看拍戲，佈景上那個大禪字是我寫的。不過我除了書法，還跟過楊善琛老師學水墨畫。」

哇，我們驚嘆：「真了不起。」

龍剛笑了：「這十五年來，我做足十五年的學生。」

龍太太並不像一般妻子，管束丈夫無所事事，還很開心地說：「是呀，他一星期上七天油畫課，回家全身是油彩。」

龍剛充滿愛意地望着她：「我來到紐約，最開心的，除了讀書，就是遇到了她，和生了這個孩子。」

我們也可看到他是幸福的，真替這位香港老鄉高興。

「美國這地方，也是將婚姻制度看得最透的。離婚的父母，不影響到下一輩，沒有親朋戚友的壓力，也沒有道德觀念的壓力。人與人之間，有互相的尊敬，便長遠在一起，這才算是真正的結婚。」

我們都同意。

臨走前，問龍剛：「你來了這麼久，怎麼不回香港走走？」

龍剛並不帶傷感地回答：「廣東人有一句話：『賣兒子不摸頭』。又不是衣錦榮歸，回去幹甚麼呢？」

偉大的卡魯索

電視的《透納古典電影台》又重播《偉大的卡魯索 The Great Caruso》（1951），我一盯上就不可收拾，非得從頭看到尾不可，帶來了不少回憶。那是第幾遍看了，自己也記不清楚，反正片中的那些歌都百聽不厭的。

電影由馬里奧蘭沙 Mario Lanza 和安白芙 Ann Blyth 主演，蘭沙短命，只活到三十八歲；白芙在一九二八年出生，一直活到現在，生了五個小孩，安享晚年。

他們兩人本來還要拍攝《學生王子 The Student Prince》（1954），但蘭沙脾氣大，連大公司米高梅也不賣面子，被炒了魷魚，這部戲的歌還是由他唱的，但銀幕上被一個不會演戲的小白臉演員代替了，我們看到的還是蘭沙的影子。

當今看這部電影，一點也不過時，雖然是敍述二十年代著名男高音卡魯索的一生，劇情經過荷里活美化，一點也不真實，卡魯索的後代控告過米高梅片廠，也得直了，但大家都不關心這些，只記得戲裏的音樂。

片中蘭沙幾乎唱遍所有的名曲，意大利歌劇總有一段最膾炙人口的，的確是欣賞意大利歌劇入門之選；之後的男高音，像多明高、卡加里斯，都是因為看了這部電影而走上這條路的。

電影裏除了歌劇，還出現了民謠《回到蘇蘭托》；另一首《聖母頌》由蘭沙和一個男童合唱，男童真的唱出了天籟之音，合唱演繹，是非常值得觀賞的。

其實戲裏令人不能忘懷的都與歌劇無關，主題曲《一年中最美好的一夜 The Loveliest Night Of The Year》更不是蘭沙唱的，留給女主角安白芙，當年沒有人相信她會唱歌的。

當然後來蘭沙也錄了這首歌，還有其他十三名著名男高音都唱過，包括後來的「三個男高音」。這首曲子原來是《在海浪上 Sobre Las Olas》華爾茲改編過來的，由墨西哥名作曲家 Juventino Rosas 作曲，他的傳說後來也拍成同名字的電影。

歌詞由 Paul Francis Webster 專為此片而作，試譯如下：

When You Are In Love
It's The Loveliest Night Of The Year

Stars Twinkle Above
And You Almost Can Touch Them From Here
Words Fall Into Rhyme
Any Time You Are Holding Me Near
When You Are In Love
It's The Loveliest Night Of The Year
Waltzing Along In The Blue
Like A Breeze Drifting Over The Sand
Thrilled By The Wonder Of You
And The Wonderful Touch Of Your Hand
And My Heart Starts To Beat
Like A Child When A Birthday Is Near
So Kiss Me, My Sweet
It's The Loveliest Night Of The Year

當你戀愛了，
這是年中最美好的一夜。
星星在天空閃亮，
就像你可以觸摸到一樣。
對話變成了旋律，
當你抱近我的時候，
當你戀愛的時候，
這是年中最美好的一夜！
在藍色之中跳華爾茲，
像一陣飄過沙上的輕風。
為你的美妙而震撼，
和你溫柔的手觸摸，
我的心開始迅跳，
像一個小孩的生日將快來到，
吻我吧，我的愛，

這是年中最美好的一夜。

另一首最受歌唱家喜愛的叫《因為 Because》，許多婚禮中都會播放，老同學楊毅和他太太結婚時，老丈人千方百計地想找這首歌，那是多年前的事；當今有了 YouTube，太容易了，一點擊就有，連歌詞也獻上。原曲由法國女作曲家 Guy d'Hardelot（1858-1936）作曲，填詞的是 Edward Teshemacher（1876-1940），歌詞如下：

Because You Come To Me
With Naught Save Love
And Hold My Hand And Lift Mine Eyes Above
A Wider World Of Hope And Joy I See
Because You Come To Me
Because You Speak To Me In Accent Sweet
I Find The Roses Waking Round My Feet

And I Am Led Through Tears And Joy To Thee
Because You Speak To Me
Because God Make Thee Mine
I'll Cherish Thee
Through Light And Darkness Through All Time To Be
And Pray His Love May Make Our Love Divine
Because God Made Thee Mine

因為你為我而來，
不顧一切除了愛，
握着我的手讓我看到，
一個又廣闊又充滿喜悅和希望的世界，
因為你為我而來，
因為你輕柔地教導了我，
我才發現腳底下都是玫瑰，

你帶了我看到你充滿眼淚的快樂，
都是因為了你！
因為上帝帶你給我，
我會珍惜你的一切，
直至光明和黑暗，至到永遠，
祈禱祂給我們的愛是神聖的，
因為上帝把你給了我。

如果你聽過一次，就會記得，就會喜歡，所以吸引了世界上三十二個著名歌手錄過這首歌，現在YouTube上一個一個慢慢聽，聽出不同味道，真好！

談我喜歡的女演員

「你喜歡的西片女主角都是美人嗎？」小影迷問。

「不，不，平凡的也有，像Michelle Williams，她在《斷背山》中的光芒完全被Anne Hathaway搶去，觀眾從來認不出她是誰，後來她拼命地把戲演好，像《Blue Valentine》（2010）等片子，你看到她的成長，一部比一部進步。」

「但是她在《My Week With Marilyn》（2011）中，她一點也不像瑪麗蓮夢露呀。」

「對，一點也不像，但她可以把夢露的神態、小動作，和那風情萬種完全表現出來，這才叫厲害，這才叫美，美到最近的LV廣告也要請她來拍。」

「賣皮包的那個？」

「你認出是她了？」

「真認不到。從前的女演員呢，伊麗莎白泰萊？」

「那是大明星，我喜歡的都不是那些，反而是甚麼戲都演的，舉個例子，像一位叫伊麗諾柏克 Eleanor Parker 的。」

「她是不是演過《The Sound Of Music》（1965）？」

「對，但這部戲不值一提，如果你看經典台，有一部叫《Scaramouche》（1952），中文譯成《美人如玉劍如虹》的，就能看到她。」

「這部片子有甚麼特別？」

「它是武俠片的典範，有復仇、有練功、有決鬥，幾乎所有功夫片的元素都已經在這部片子拍過，又把伊麗諾柏克拍得非常吸引人，將年輕貌美珍納李也比了下去。」

「漂亮罷了，你還沒說出真正喜歡她的原因。」

「在電影工廠制度下，你是一個配角就永遠是配角，伊麗諾拼命努力，逐漸冒起，曾三次獲得最佳女主角提名，最後在二〇一三年去世，九十一歲。」

「還是談我們這一代的吧。」

「那你看 Lena Headey 嗎？」

「大陸譯成琳娜海蒂的那個？」

「應該發音為 Lee-Na Heedee，叫她為麗娜希娣吧。你看過她甚麼戲？」

「當今最紅的電視劇《權力的遊戲 Game Of Thrones》演女皇的那個。她長得不美嘛。」

「對了，最初看還難於接受，她的門牙有條縫，下齒也不整齊，大概小時給人家笑慣了，養成一個忽然把嘴巴緊緊合起來的習慣。」

「你怎麼會喜歡她？」

「《戰狼 300》是一部講斯巴達民族的戲，男人個個強悍，國王更加英武，演皇后的如果不是一個值得令國王愛上的女人，怎能説服觀眾？」

「你現在一説，我記起了，還拍了續集，也是由她演出的對不對？」

「唔，這演員有種別的女演員沒有的氣質，她一出現，就有堅強、獨立和武斷。同時，她有時神情也很憂鬱，也有脆弱的一面，這才吸引人。」

「你從甚麼時候開始注意到她？」

「她十七歲時，和 Jeremy Irons 及 Ethan Hawke 演的一部叫《Waterland》（1992）時，已露出光芒。接着在一九九三年的文藝片《The Remains of the Day》裏，擠在大堆頭性格演員之中，角色雖小，也留下印象。」

「她還演過甚麼片子？」

「後來的《The Jungle Book》（1994）已擔任女主角，還有一些名不見經傳的電影，像《Face》（1997）、《Mrs. Dalloway》（1997）、《Onegin》（1999）、《Aberdeen》（2000）。到了二〇〇五年，和 Matt Damon、Heath Ledger 合演《The Brothers Grimm》，《三藩市年報》的影評家 Mick Lasalle 說她有豪爽和有張吸引力不可抗拒的臉，尤其是她在微笑時，暗示着智慧、誠信和調皮。」

「你這麼一說，我還記得她演出過電視劇的《未來戰士 Terminator》。」

「對，叫《The Sarah Connor Chronicles》，演那堅強的母親，一共拍了兩季三十一集，還得到電視劇最佳女主角提名兩次呢！」

「之前她在電影中演過反派嗎？」

「一部重拍機器人警員的 3D 電影，叫《Dredd》（2012）裏，她演大毒梟，角色名叫媽媽。」

「說回《權力的遊戲》，她的皇后角色令人難忘，一出場就有裸體戲。」

「何止，在第五季的終局篇中，最多人談論的是尊史諾的死，和女皇被脫光衣服當眾遊行。」

「那場戲很難拍吧？」

「她在拍《戰狼300》時說過：在兩百多個工作人員面前裸露，放映時更多人來看，的確是一件難於接受的事，但劇情需要，而且又拍得有品味，又如何呢？不過，拍這場《遊戲》第五季時，是用替身，加上當今的特技，是看不出來的。」

「既然已豁出去過，為甚麼不自己來呢？」

「她當時懷孕，已大了肚子。」

艷星

六十年代，已有所謂的艷星，像張仲文等，香港的記者跟荷里活的亞娃·嘉娜，盡叫她為「最美麗的動物」。當年的艷星只是艷，我們從來沒有看過張仲文身上任何重要的部位，就算她穿性感的游泳衣，也有個大乳罩和厚厚的褲子，一點也不三角。

張仲文退休後住紐約，吸收不少學識，談吐風趣，態度高雅，後來回到香港我曾和她有過一面之緣，感到她那時才是一個真正成熟完美的女人。

到了七十年代，李翰祥捧的艷星像胡錦、恬妮，也只是在銀幕上做做表情，從未裸露。

白小曼是很特別的一位，她有美貌、身材，是個天生的演員，當時電檢處是不准露毛的，否則她「全身投入」，也沒問題。最可憐是死得太早，聽説是給黑社會逼着自殺的，內情不詳。

狄娜曾經穿着低胸的服裝拍過廣東片和國語片，等到她拍《大軍閥》的時候，有個露背和露臀的鏡頭，後者還是用毛巾遮住了大部份，當年她的思想上已經逐漸成熟，拍了這場床上戲後內心交織，大哭一場。片場中有些人説：「那算得了甚麼？扮甚麼純情？」

但是，在印象中，她似乎沒有露過胸。《大軍閥》的那場戲，對她來講，是大膽的。

李翰祥的戲裏，最搏命的一個是陳萍。

陳萍甚麼都敢死，她從台灣來香港打天下，第一部戲是何夢華導演的《毒女》，邱剛健寫的劇本。當時她來邵氏報到，説明是拍性感戲，但是何導演怕她拍到一半扭計，第一天就拍她在梯樓口被歹徒強姦的戲，陳萍一到現場脱得光光，毛巾都不圍一條，看得工作人員目瞪口呆。當然，他們不知道陳萍在台灣已拍慣這種戲，有甚麼好難為情？

《金瓶雙艷》中，李翰祥重現葡萄架下佈景，把全裸的陳萍雙腿張開綁住，然後讓演西門慶的楊群把葡萄一顆顆地扔進她那聚寶盒中。

為了電檢處通過，那個鏡頭是背着陳萍拍的，但她蹺着的雙腳依然可見，意淫到十足，看得當年還是小夥子的文雋和章國明等人谷精上腦，刺激得他們差點休克。

現在的那麼許多的艷情片，還是拍不出這個境界，哪夠老祖先的李翰祥辣？陳萍成名之後也就不必脱了；曾拍《大家姐》等動作片，可惜她的演技一直沒有進步過，老做那些咬牙切齒的表情，就算不是在做愛。

説真的，陳萍的樣子麻麻，胸部更是扁癟，乳頭大如蠶豆而黑漆，十分不雅，勝在一味夠膽。

後期，她還患了嚴重的狂慾症，任何男人和她談過三句話，就説自己和他們上了床。在化妝間中有非常長氣的幻想奇譚，聽得梳妝師傅，像彭姑等人都大打瞌睡。一生儲蓄賭錢輸光，近年她已淪落到在台北上牛肉場，慘淡經營。

另一名台灣猛將是邵音音，她入行時大脱特脱，後來做電視藝員，走演技派路線。

最近她重振雄風，不過不是自己拍，而是當老闆，監製了《新素女艷譚》，可惜卡士不夠強，收入不佳。但相對地製作成本低，各地版權賣賣，也可以打和吧。

順帶一提的是劉惠玲，長得很漂亮，左頰一顆美人痣，極情風騷。她是位湖南姑娘，燒得一手好菜，常拿到片廠與各同事分享。

劉惠玲不單是美，演技也一流，在李翰祥片中演丫環，已鋒芒畢露。後來拍孫仲導演的《廟街皇后》（不是張艾嘉那一部），戲裏脫得光光地，但照樣的演技取勝，是位極優秀的演員。可惜半途嫁了人，難產而早逝，要是給她有機會發揮下去，她將是位全能的影后。

第一次，也是最後一次露胸部的美女是汪萍。她出身極好，父親是將領。汪萍的第一部電影是七〇年我在日本製作的《遺產五億元》，她剛好二十歲，傻呼呼地在化妝間問我：「我要做大明星，是不是要和你們睡覺？」

我笑着說這年頭已經不興這些，做一個好演員，靠演技吧。

經過《龍虎鬥》、《大決鬥》、《十四女英豪》、《天下第一拳》等等名片，又在十二年間的電影生涯中拍了三十九部片子之後，汪萍思想成熟，演技也是一流的時候，李翰祥叫她拍《武松》。

一向是楚楚可憐乖乖女形象的汪萍來演潘金蓮這個淫婦，行嗎？圈裏的人問。

汪萍很自信地拍了這部戲，她對潘金蓮的演繹並非淫婦那麼平面，表現出了被壓抑的性飢渴女人內心。

拍最後一場戲，汪萍袒露胸膛，等待武松來殺，還記得李翰祥向她大叫：「當他的刀子是雞巴，演出被插進去的戲！」

果然，汪萍歡慰的表情，令她得到金馬獎最佳女主角的銜頭。

汪萍從此退出影壇，傳聞嫁得很好，活得快樂，借此為她祝福。

時間一跳就是十年。

香港電檢已分等級，當年的艷情電影被三級片代替。代表者當然是葉子楣。

最初觀眾認為她的尊容俗不可耐，但看慣了，越看越順眼，擁有不少觀眾。

喜歡葉子楣的人，有一個共同點，那就是自己的老婆胸部不夠大。

這些人不只是市井之徒，包括律師醫生等等。有一個姓林的牙醫，一面替我補牙，一面要我講葉子楣的事給他聽，我真想抓着他的要害不放。

葉子楣的成名，有些人以為是我捧出來的，其實是全靠她自己。我帶她到台灣去做《聊齋艷譚》宣傳的時候，數十名記者包圍着她，她逢問必答，而且反應極快，偶爾送上一兩個秋波，討得大家的歡心。

我在稱讚她的時候，她說：「我的國語，要是再講得好一點，保證讓他們神魂顛倒。」

天份也要加上運氣。

葉子楣的運氣也極佳，銀行經理一役，絕對不是神來之筆那麼簡單。一個男人為她偽造文件存一百萬美金到她的戶口的新聞，電訊傳到外國，家家報紙都採用，而且葉小姐的照片，登個來得之大。

不過，鮮為人知的是葉子楣有一個很善良的性格，倪匡、黃霑和我這三傻在《今夜不設防》這個節目時，電視台貪心，一做要做三個鐘頭，當晚嘉賓如雲，成龍、林青霞、王祖賢、關之琳等都捧場，但時間一長，也很難挨得下去。我們三人知道開場是開得不錯，但是結尾沒有一個高潮，就決定把嘉賓拖進游泳池裏。

葉子楣是受害者，她沒有想到我們有那麼陰毒的一招，穿着整身簇新的晚禮服赴宴，最後變成濕淋淋的落湯雞。從池子中爬了起來，她深知戲要演完的娛樂界道理，一點也不生氣，把一切心酸吞了下去，只是嗲嗲地罵了我們一聲死鬼罷了。

再借這個地方，向葉子楣道歉和致謝。

雙葉的葉玉卿，看她為自己一步一步地鋪路，先是為週刊拍性感照片，許多人都說：「唉，要拍也替《Playboy》拍，他們出的錢多。」但是葉小姐深知週刊銷路之廣，宣傳作用之大，並非錢的問題。

我們雖然沒有合作過，但交談了幾次，任何話題她都能迎搭得上，是女演員中罕見的一位。

漸漸地，她走向演技派的路線，將來又有誰會記得她曾經裸露過？

東方女子多數腰細腿短，例外的是新秀陳寶蓮，很多人都不相信她只有十八歲，認為她來港時報小歲數，但看她在唸書的照片和來港的日期，很多證據證明她並不是撒謊。這女孩子很有進取心，也一直盼望着有機會讓她發揮演技，我也相信她能做到，再打滾一兩年，前途無可限量。在亞視的那段日子，她被批評得體無完膚，回頭一看，她自己一定不後悔。

外國演員多數不在乎，法國美女如嘉德琳·丹露早已脫得光光。美國女強人珍·芳達年輕時脫過，中年拍《歸鄉》床上戲時，嫌自己身材不夠美，才叫替身。

《人鬼情未了》狄比·摩亞不但平時脫，連大肚子也要拍裸照片登在封面上才過癮。這是存下美好的一刻的最佳例子。

你可以說西方人思想開放，東方人不同，但是日本的名優，如早在三十年前的京町子，到最近的宮澤里惠，哪一個不脫？大美人的松坂慶子、演技派的阿信的田中裕子、演技派的桃井薰都明白：劇本需要，甚麼都做。

雖然她們第三點不露，那是因為日本電檢落後，至今還不能見毛髮，要不然，五六點又有甚麼關係？

越是思想開通，社會越文明開發。比較其他東南亞地區的落後，香港還算是好的了。

當然，脱不脱是妳的自由，沒有人用槍指住妳，一切，是兩廂情願的。

反觀香港的男演員，唉，真是無能，拍一點床上戲，喊苦喊殺，說甚麼要去洗底才能解脱。

馬蘭·白蘭度在《巴黎最後的探戈》中已經連屁股都幹。那已是十幾年前的事。另一名影帝米高·道克拉斯的《本能》，還不是大型的小電影？

香港的男演員中，還是梁家輝比較有種，在《情人》中做了就做了，真的和假的，又有甚麼分別？演員嘛，就應該有演員的道德。

深知這些的，女演員中早有葉童，誰能懷疑她的演技？誰可忽略她的才華？

葉玉卿曾經說道：「我會是一個演員，一個全面性的演員。」

不能「全面」的人，乘這幾年好好撈一筆收山吧，不然，再下去，必受淘汰。性感之星，多不勝數，這裏談的艷星，是以至少露過胸部為標準。

丹娜

丹娜本名岑淑蘭，最初參加邵氏演員訓練中心，七四年的《女集中營》，她已有很大膽的演出；接下來的《中國超人》是部卡通式的兒童電影，她當然不必脫。美，但樣子平凡的丹娜，經過何藩的改造，在《長髮姑娘》裏給觀眾留下一個很深刻的印象。何藩把她的頭髮電得蓬鬆，皮膚曬得赤黑，野性的魅力，完全發揮出來，是何藩唯一的傑作。

《長髮姑娘》在泰國芭堤雅拍外景，當地劇務貪污被炒魷魚，氣將頭上，告之官去，說香港人在佛教聖地拍瀆褻神明的戲，把《長髮姑娘》的片名譯成《長陰毛女人》泰語，這一下子乖乖不得了，何藩一組人差點變成《午夜快車》裏的囚犯，好在邵氏當年在東南亞各地都是有頭有勢，叫當地代表到處塞錢，問題才得到解決。

丹娜後來又以同個姿態拍了《人蛇鼠》、《騙財騙色》、《撈家撈女撈上撈》、

《猛男大戰胭脂虎》、《廟街女強人》之後便退休，聽說嫁得很好。

艾蒂

艾蒂當然不姓艾，她原姓樂，有個男孩子名字叫德華，七三年參加台北美姿小姐得冠軍之後，就被邵氏的台北經理馬芳蹤物色來香港。

起初，她只是性感，一開始拍《面具》等戲，靠演技，她還當上當年王沙、野峰片集的女主角，所有「阿牛」戲都有她一份。

跟呂奇結上緣後，拍《財子名花星媽》、《怨婦淫娃瘋殺手》等等，每一次都脫得光光地被男主角韋弘兜肚打幾大拳，相信大家還記得。

艾蒂乳房實在大得厲害，本人也胸襟廣闊，嘻嘻哈哈地很樂天，是個好女孩。曾經和她打過麻將，她波的一聲將兩顆巨物放在麻將桌上，先下個馬威，鎮壓三個對手。

聽說她現在住在外國，返港時常有電話給老同事約吃飯，長情得很。

艾黎

另一個姓艾的也是台灣來的艾黎，本名王艾黎。六六年，以《貞節牌坊》獲亞洲影展最有希望女星獎。

但是這個獎沒有給她帶來希望，她也一點不貞節，沉寂了兩年後，她為《花花公子》拍裸照，輿論譁然。

七〇年她來香港求發展，但已整容整得像唐老鴨，照舊沒有希望。

林珍奇

林珍奇像是葉童的前身，第一部電影《同居》有大膽的演出，後來走演技派。她是艷星群中長得最純潔最美麗的一位，八〇年演出《第一類型危險》之後就息影，現在是兩位小孩的慈母，做個幸福的家庭主婦。

何蓮蒂

何蓮蒂來頭不小，美國加州大學戲劇系畢業生，早年還演出美國電視片集，何藩十六米釐前衛作品《離》，就是她當女主角。

邵氏的《中華丈夫》曾找過她拍，沒有脱。但在港美合作的《龍劫》和法國片的《純潔的消逝》，以及香港的《官人我要》裏，她的演出簡直是真刀真槍的小電影。

何蓮蒂喜歡參加各種 Ball，記得有一次她穿了件透明又低胸的晚禮服，本來很誘人，但一轉身，背部貼了八塊「脱苦海」，令人作嘔。七八年息影，回歸美國老祖家，開餐館去也。

米蘭

米雪當紅時，另一個叫何潔芳的女孩子也乾脆改為姓米，叫甚麼名字？想個老半天，想到意大利，就叫米蘭吧。

米蘭七三年拍了《浪子與處女》，走肉彈路線；七四年加入邵氏，拍《少年與少婦》、《危險的十七歲》、《香港奇案》等，脱得光光的，一點也不在乎。她雖然身材嬌小，比例相對，在銀幕上不見得很矮。

七七年拍了《出鐘》之後就息影。有個時期在夜總會上班，以電影明星名義正式出鐘，生意不錯，但據聞酒喝得厲害，常出亂子，後來就沒有她的消息了。

林伊娃

林伊娃說得一口極漂亮的英語。她是模特兒出身，人高、腿長、胸部豐滿，雖然拍了不少性感戲，一直沒有露過；七八年在一部叫《純愛》的戲裏才真正獻寶，讓觀眾嘆為觀止。最後一部電影是《狙擊九十》，八一年拍的。

凌玲

凌玲的本名叫丘麟玲，台灣出生的廣東人，不會講廣東話。她的皮膚雖然很黝黑，但身材是至今所見最完美的一位，不遜寶黛麗，是個十一。

六九年，凌玲加盟邵氏，演出《紅線七千號》，七一年鮑學禮導演《萬箭穿心》，成績不理想；後來張徹用同人物同故事拍為《刺馬》，是狄龍作品中最好的一部。《萬箭穿心》雖然失敗，但是女主角凌玲在戲裏有全裸的演出，市井之徒說寧願看凌玲，不看狄龍。

陸一嬋和陸小芬

台灣雙陸，陸一嬋和陸小芬都被見雙峰，前者已沉寂。後出身的陸小芬是位力爭上游的女人，她在第一部戲《上海社會檔案》脱過一剎那之後，雖走性感路線，但絕不暴露，漸走演技派，後來得到亞洲影后和金馬獎最佳女主角獎，現在她在加州大學唸戲劇系，發誓要修個博士學位，才肯回鄉。

陳維英

陳維英的相貌不像走性感路線的艷星，但一開始，她就跟了呂奇演《財子名花星媽》，大脱特脱。到底，她個性純品，又討人喜歡，後來有機會變為電視節目的主持人，佳視的《哈囉，夜歸人》結束後，再轉入麗的拍《貓頭鷹時間》，七九年息影，過正常人的生活。

劉慧茹

大膽得犀利的是劉慧茹，她進入邵氏演員訓練班的時候，比起那班娃娃同學，年紀顯然地不小，深知出道得遲而要走紅不易，她一開始就決定脱光衣服。在《女集中營》裏演一個變態的獄長，之後有脱沒脱，也演過十七部戲。劉慧茹在香港長大，但不是廣東人，講粵語有點外省口音，總之她作風大膽灑脱，身材也高大，為人戇戇直直地，非常正派，不能走紅，皆因限於外貌，其實她是位很善良的姑娘。

瑪麗莎

最傻呼呼的是瑪麗莎，她原名林青芬，台灣台中人。九歲曾獲兒童舞蹈比賽冠軍；六四年起，她在各娛樂場所表演肚皮舞和軟骨舞；六八年從影，參加台語片的演出；七〇年來港加入邵氏公司為基本演員，一共只演了《吉祥賭坊》、《江湖行》和《北地胭脂》三部戲。

瑪麗莎原來就跳脱衣舞，除衫，對她說來是拿手好戲，她常光着身體在片廠中走來走去，浴袍都不披一件，令工作人員咋舌。

在銀幕中，瑪麗莎該大的地方大，該小的地方小，一切比例正常，但是，她一站在另一個演員旁邊，即刻變成侏儒。

有一次，身材高大的詹森和瑪麗莎演對手戲，詹森向她說：「我那根東西，可以架在妳的肩膀上。」

瑪麗莎聽了一點也不生氣，拉着詹森，大叫：「試試看，試試看！」

說到詹森，他最喜歡演艷情片。詹森原名詹益成，他說他一生人中最佩服的一個人就是那個美國總統，所以把藝名改為詹森。

詹森一早就禿了頭，他乾脆把剩餘的頭髮剃光了，外國裸女來拍《洋妓》的時候，說他最性感，性感在他那光頭上。

常因喝酒而不夠錢用的詹森，拍床上戲的時候都和艷星真來，後來和余莎莉拍了一場，搞出了火，兩人愛得要生要死，閃電結婚去也。

余莎莉

余莎莉本名余佩芳，上海人，七四年參加過香港小姐選舉，得過不知道第幾名的，第一部電影是吳思遠的《廉政風暴》。白小曼自殺，李翰祥導演看中余莎莉，大力捧她為接班人，主演《騙財騙色》，跟着是《洞房艷史》、《拈花惹草》、《風花雪月》等等。余莎莉撈得風生水起，以賓士車出入邵氏片廠。

一天，路過西貢，看到余莎莉那輛賓士破爛地躺在山谷中，原來他們新婚，顧着親熱，把車子撞了下去。

兩人算是命大，沒有受傷地爬上山，走回片廠拍戲，好像一切都沒有發生過。

余莎莉個性坦白，在片廠裏有甚麼說甚麼，哪管旁人的死活。

李導演問道：「詹森只是個小演員，樣子又那麼難看，有甚麼好？妳為甚麼嫁給他？」

「導演你才不知道，」余莎莉懶洋洋地：「詹森這個人，樣子是醜了一點，但是他那根話兒，用兩手抓住，還要露出一截頭來，這種人不嫁，嫁給誰？」

《我的最後晚餐 My Last Supper》

美蘭妮．登尼雅 Melanie Dunea 是個攝影師和撰稿人，作品時常出現在大雜誌上，像《時代周刊》、《娛樂一周》等。

她很聰明，選出西方認為最好的五十個名廚簡單地問五條問題，然後為他們拍一張和內容有關的照片，結合之後，出了《我的最後晚餐》（My Last Supper）這本書來。

五個問題是：一、在這人世上，你最想吃甚麼當最後的晚餐？二、這一餐在甚麼地方吃？三、你會選甚麼酒來配合？四、你會請甚麼人和你一起吃？五、由誰來煮這一頓菜？有時會附加一條：吃時聽甚麼音樂？

得到答案之後，作者還把這些人想吃的菜譜詳細記錄下來，刊於書中最後的部份，印成一本又厚又重的書，只適合放在桌子上看，洋人稱之為咖啡桌書 Coffee Table Book，很值得一讀。

所拍的那五十張照片，放大後跟隨世界上的各大飲食節作巡迴展覽，非常成功，我上次到墨爾本時，就在賭場中看到原照，拍得優美有趣。

時常在電視上出現的安東尼．波典 Anthony Bourdain，作者不但要求他寫序，還叫他脱得精光，在紐約後巷中拍了一張。波典手拿着一根像生殖器的牛大腿骨頭，蓋住下半身。這不是肆意安排的，波典説最後一餐要吃烤牛骨髓、續隨子沙律、法國麵包和高級的海鹽。

骨髓做法如次：材料有十二條三英寸長的小牛牛腿、一大束西洋芫荽、兩個小紅葱、兩茶匙續隨子 Capers、兩茶匙超級橄欖油、一個檸檬的檸檬汁、現磨黑胡椒、烤麵包。

做法：把焗爐開到攝氏二百三十度，放骨頭進鐵盤中焗個二十分鐘。可以時時查看，主要的是吃骨裏的髓，千萬別過火，讓骨髓溶掉。傳統的做法會把骨頭的兩端用東西塞起來，但是波典喜歡看到骨髓那些略為燒焦的顏色。

烤牛骨時可以把西洋芫荽切碎，混以小紅葱和續隨子 Capers，澆上橄欖油、檸檬汁和鹽。

上桌時鹹淡任意加減，波典的吃法是把骨髓從骨頭裏挖出來，鋪在烤麵包上，再和沙律一起吃。

問到波典想在甚麼地方吃？他回答到在倫敦的 St. John 餐廳，喝的是一杯健力士黑啤酒。

一連得到世界最佳餐廳數屆的 El Bulli，很多人聽過，但很少人知道 El Bulli 這個名字的意思，其實很簡單，就是鬥牛犬 Bull Dog 嘛。

拍這家餐廳的主人法倫．安迪亞 Ferrah Adria 時，讓他雙手牽的，當然是兩隻狗了。安迪亞大概很少到過亞洲，所以京都的「吉兆」那家餐廳令他嘆為觀止，大讚特讚，就像很少出國的美國食評家，一到他的餐廳，也大讚特讚一樣。

拍英國的占美．奧利華 Jamie Oliver，當然用英國米字旗當他的背景。問他最想做甚麼當最後的晚餐？得到的答案並非英國菜，而是意大利粉 All' Arrabiata。

材料有：七湯匙橄欖油、兩個紅辣椒乾、四瓣大蒜、一個切碎的洋葱、四百克番茄醬、五百克意大利粉、一湯匙紅酒醋、四十五克麵包糠、一湯匙切碎的百里香、炒過的鼠尾草、鹽和胡椒。

做法是：慢火滾油。加洋葱、辣椒、大蒜爆個三分鐘，加番茄醬，煮二十分鐘做成醬汁。另一個鍋滾水煮意大利粉，按照包裝紙上的指示去做好了。瀝乾粉後，留下四分之一杯的淥麵水，如果醬汁太濃，可用麵水稀之。

另一個鍋爆一爆麵包糠，加百里香，炒三分鐘左右。

把意大利粉炒一炒，淋上醬汁，加麵包糠，完成。

英國的另一名廚高登·林希 Gordon Ramsey 說要吃傳統的英國烤牛肉、加約克郡布甸和紅酒醬。地點在他自己家裏，喝 Batard-Montrachet 酒。聽 Keane 的第一張唱片《希望和恐懼》。和太太、四個兒女以及媽媽一起吃，至於由誰做菜呢？當然是自己和老婆合作。

「你要在甚麼地方吃這頓最後的晚餐？」當問到法國名廚亞連·路卡士 Alain Ducasse 的時候，他的答案是令人意外的。

「我會選擇到火星去吃。」他解釋：「但是並非因為我感到這世界上的地方已經乏味了。」

原來，他被歐盟的太空總署要求做太空餐。到火星的歷程將會是好幾個月，他除了設計餐飲之外，還要教會太空人在火星上種甚麼菜，自己怎麼做才好吃。

很多廚子的願望也很簡單，像紐約 Le Bernardin 的總廚艾力．李伯 Eric Repert 就說：「幾塊鄉下人做的麵包，滴幾滴橄欖油、岩石鹽和胡椒就夠。」

當然，他加了一項，就是加幾片黑松露菌。

問加拿大的 Aupied de Cochon 老闆馬丁．披卡 Martin Picard 想和誰一齊吃最後的晚餐？

「耶穌，因為他已經吃過一次了。」披卡回答。

當本書作者寫信給巴黎的 Guy Savoy 餐廳老闆，問了好些問題之後，得到他的回函。

「親愛的女士：我收到了你的信，你的敬佩令到我感動。不過，我對死亡有恐懼症，因此我不準備談我的最後晚餐！這也引發了我做人的哲學，那就是我只談開始，不講結束。Guy Savoy 敬具。」

妮嘉拉的噬嚼

許多著名的電視烹調節目，主持人都是男的。我最愛看的有 Floyd 那個老者，去到哪裏煮到哪裏，謙虛、幽默，有見地，非常出色。

Jamie Oliver 始終經驗不足，雖然有點小聰明，但燒出來的菜不見得有甚麼驚奇，他目前已由「裸大廚 Naked Chef」那個小孩子，變成一隻大胖豬。

Anthony Bourdain 的《一個廚子的旅行 A Cook's Tour》很好看，甚麼都吃，但是旅遊多過燒菜，他對自己的技藝似乎信心不大，很少看到他親自下廚。

女主持中，最有經驗的當然是朱兒童 Julie Child 了，但她又老又醜，節目談不上色香味。

年輕的有 Kylie Wong 的出現，她戴沈殿霞式的黑白框近視眼鏡，身材也一樣肥，經常皺着八字眉，並非美女。燒的菜很接近馬來西亞的，也許是那邊的華僑，已移居澳洲，說話帶澳洲土腔，不是惹人喜歡的音調。

Discovery Channel中的《旅行與冒險Travel & Adventure》，最近已改成《旅行與生活Travel & Living》，着重了烹調節目。除了上述幾位主持之外，看到一個女的。

這女人大眼睛，一頭鬈曲黑色長髮、濃眉、皓齒，說話慢條斯理，講非常濃厚的貴族英語；衣着入時，但從不暴露，隱藏魔鬼的身材，四十歲左右，像一顆成熟得快要剝脫的水蜜桃，散發着不可抗拒的引誘力。

說起討厭的東西，表情帶着輕蔑不屑，可以想像到她有一副母狗式的勢利個性。這個女人，到底是誰？

上網，查Discovery資料，別的節目主持人名字都找到，關於她的欠奉，已看得頭暈眼花。

只有在Google空格中再打入TV Cook Show Host，出現了天下烹調節目的主持人，一個個查閱，都沒有相熟的面孔。

正要放棄時，Bingo，照片裏出現了一個名字：Nigella Lawson，是她了！用她的名字進入搜查器，乖乖不得了，約有十三萬九千個符合這個名字網站。見笑了，原來是在英國的名門，雜誌編輯，很多本書的作者和最受歡迎的電視節目《Nigella Bites》女主持。

Bite這個英文字用得很妙，可作小食、咬、劇痛、腐蝕、卡緊、鋒利等等解釋，令人聯想到的是夏娃叫亞當咬的那一口蘋果，更貼切的是吸血鬼的噬嚼。女吸血鬼的身材永遠是那麼美好，相貌令人着迷。叫妮嘉拉．羅遜 Nigella Lawson 來扮演，一點也不必化妝。

妮嘉拉出生於一九六〇，大學在牛津專修中古及現代語言，畢業後開始在《星期日時報》寫文章，後來成為文學版的副編輯，繼續替各大報章和雜誌撰稿，又於《Spectator》和《Vogue》寫食評。

能平步青雲，除了自己的本事之外，家庭背景也有關係，她的父親 Nigel Lawson 是前保守黨的第二號人物，戴卓爾夫人的左右手；母親 Vanessa Salmon 是巨富之女，社交圈名人。

主持了電視烹調節目後，妮嘉拉風靡英國男女，節目更輸出到美國，影迷無數。妮嘉拉燒菜的態度永遠是一副懶洋洋相，從不量十分之一茶匙調味品，節目在她家中拍攝，她看見有甚麼新鮮的就煮甚麼，悠悠閒閒。燒到魚時，她會說：「到魚販那裏，請他們將魚鱗和內臟清洗乾淨，自己做這些瑣碎事幹甚麼？」

和其他女主持不同，妮嘉拉燒菜時從不穿圍裙，也不會把長髮束起，又高貴又有氣質，她說：「我不是一個大廚。我更沒有受過專業訓練。我的資格，是一個喜歡吃東西的人而已。」

她的第一本書叫《怎麼吃：美食的喜悅和基本 How To Eat: Pleasure & Principles Of Good Food》，她在書中說：「用最小的努力來得到最大的快樂。」

接着，她寫了《怎麼做家庭女神》來提高家庭主婦的地位，書賣百萬冊。

和著名的電視主持人 John Diamond 結了婚，生下一男一女，這個女人應該很幸福才對，但九年後，她丈夫得喉癌死去，她一直生活在癌症的陰影中，母親四十歲死於肺癌，妹妹三十歲得乳癌去世。

曾經一度又沮喪又發胖的她，將悲哀化為力量，越吃越好，越好越瘦，她現在身材豐滿，但一點也不臃腫，如狼似虎的年華，發出野獸性的魅力。

「生命之中，總避免不了一些很恐怖的事發生在你身上。活着的話，不如活得快樂一點。」她說。

問她對食物的看法，她說：「食物，是一種令你上癮的毒藥。」

今後製作烹調節目，最好找這種又聰明又性感的女人。怎麼樣，都好過看老太婆呀。網中可以找到很多她的照片，聽英國友人說，有很多男士把它貼在廚房牆上，幻想自己的老婆是那個樣子。

料理的鐵人

日本最受歡迎的電視節目，並非連續劇，而是燒菜的《料理的鐵人》。每逢星期五播送，一個半小時，至今已三年左右的長壽了。

所謂「鐵人」，是由富士電視台選了三個大廚子，分日、法、中三派，給日本各家名餐廳的大師傅挑戰，看誰燒菜的本領高強。

拍攝方法有如電影，先來個交響曲及大合唱，三個大廚子在煙霧中升起。一方面以低角度拍挑戰者，如巨人般地進場，任由他從三個鐵人中選出一個，來做決賽。

大會司儀是香港人熟悉的鹿賀丈史，此君就是《搶錢家族》的男主角，穿着釘珠片的絨長袍，設計古怪，彩色鮮艷。他誇張的動作和語氣，大叫：「今天的主題，就是這個！」

掀開大布，原來是螃蟹、或魷魚、或鴨，每個星期都不同，決戰雙方事前不知道是甚麼。

燒菜時間限定一個小時，要做多少個菜由雙方自己決定，但必須在六十分鐘內完成。

比賽開始，各人前來拿材料之後，便做將起來，雙方允許有兩個助手分擔工作。

主席位中坐着一名司儀解釋過程；他身旁的人叫服部幸應，為大阪出名的「服部料理學院」院長，以專家身份說明各種材料的應用和燒菜的手法；另派一名探子，在現場團團亂轉，打聽雙方欲發的招數，向觀眾報告。

評判共有三至五人，試雙方菜餚，加以評分，以決勝負。我擔任過數次，前兩遍是他們的特別節目，來香港比賽的和在東京舉行的國際賽。

鐵人方面來頭不小，日本菜師傅叫道場六三郎，在新橋自創「銀座六三亭」，公認為最大名廚。法國菜由坂井宏行處理，外國留學後返日，在新派法國菜中加入懷石料理見稱。中菜則以陳建一為代表，他父親陳建義創辦四川飯店，被譽為四川料理之王。

國際賽那回在有明運動場舉行，現場觀眾六千多名，由法國和意大利請來的三星名廚，和日本人決鬥，節目時間延長至兩個半鐘頭。

法國名廚丹尼爾首創菜餚中以湯汁繪畫，東西又好吃，實在是高手。意大利名廚勝在菜式適合日本人胃口，又大量加鑽石一般的意大利白菌。

五個評判中有前總理海部、法國女明星等，都給了意大利人滿分，只有我一個欣賞法國人的手藝，結果還是意大利贏了。我跑到後台去安慰丹尼爾，他把我緊緊擁抱，此君將在月底來香港做菜，說煮一餐心血來報答。

遇到道場六三郎時，意大利人還是輸了。六三郎的確有大師傅的風範，他今年六十四歲，精神得很，瞪大了眼睛，沉着應戰，意大利人急得手忙腳亂時，他拿着一卷宣紙，用毛筆揮出這次要做的菜名。

名貴佐料任取，六三郎在傳統日本菜中，已用海膽龍蝦等，又加入伊朗魚子醬、法國鵝肝醬等等，今本來味道單調的懷石料理起了變化，美觀又美味。

現場除了觀眾之外，過去參加過比賽的一百多位大師傅也出席，各人戴着白色廚師高帽進場，聲勢浩大；鐵人乘直升機降落，也蠻有氣氛。結果收視率打破紀錄，有兩千萬人看此節目。

香港那次在海運大廈的停車場舉行，搭了個巨大的佈景，背着維多利亞港口，由「鏞記」大廚梁偉基挑戰日籍華人陳建一。

陳建一身材略為肥胖，做菜時很緊張，滿頭大汗。當天的主題是豬肉，他取材時連豬頭也拿走，結果沒有用到。梁偉基也同樣地有點肥，但比較穩重，他自信地做出幾道菜來，甜品還捏了十幾隻小豬，放進焗爐中烤後，更像乳豬，完成了拿出來，動了一動，小豬們像活生生地跳躍着。

梁偉基在燒菜時極有把握，大鑊數次冒出熊熊巨火，他又一面炒一面叫觀眾打氣，表演精神十足，菜式精彩，惹得眾人大力鼓掌。

陳建一的四川風味在烹調技巧和色香中略輸一籌，結果是梁師傅勝出。

試菜過程中由司儀鹿賀丈史詢問我們的意見。評判有食家岸朝子和電影明星淺野裕子等人，日本人向來客氣，永遠是先說好吃，不過怎麼樣，怎麼樣，從不坦率批評；成龍、吳家麗和我則是有甚麼說甚麼，好吃就好吃，難吃就難吃，日本觀眾大讚說得過癮。

有時大師傅們用得太多魚子醬，我想批評為喧賓奪主，但日文中沒這句成語，只好說像一個大相撲手到你家做客，主人看不見了，也簡單明瞭。

至今富士電視台請來的挑戰者都是職業的廚師，他們戰勝或打輸，都對所屬餐廳做了很大的免費宣傳。其實，要是讓普通觀眾有機會和鐵人鬥一鬥，也是很好玩的，一個鐘頭之內，做出十個菜的家庭主婦也不少，這群非專業人士上戰場，大把機會把鐵人打得落花流水。

酒家大導

我們去台北拍攝飲飲食食的電視特輯，非找些香港沒有的、很特別的不可，像街邊小檔的切仔麵、地道台菜的蚵仔和最原始的辦桌菜，頭盤還是用一罐鮑魚罐頭上桌，表示貨真價實，老土得非常可愛。

很有特色的是台北的酒家。所謂酒家，並非一般餐廳，而是像日本的藝妓屋，由專業人士陪客人喝酒，但當然沒有日本的那麼高級。

數十年前在台北住的時候，常去酒家。當年紅極一時的電影導演都喜歡鬧酒家，記憶中有白景瑞，他常抓一把鈔票，見到進來敬酒的女子，即使五分鐘也好，都送她們每人一張一百元的銀紙。

印象深刻的是一間叫黑美人的酒家。黑，台灣人唸成「烏」。黑美人，英文店名譯為 All Beauty，懂得閩南話的人，聽起來很好笑。

黑美人的酒女，也不都很美，但當年酒家工作的女人流行穿旗袍，留長髮。有些皮膚潔白的，配上黑長衫，身材嬌美，又風情萬種，很會服侍來客，的確誘死人也。其中，還有一個有潔癖的，更令人懷念。

這次拍攝，事先我們的工作人員已聯絡了黑美人，但他們以客多為理由，拒絕了；惟有求其次，就在黑美人不遠的地方，開着一家老店，叫梅花香。

梅花香的經理一聽到我們要去拍，即刻答應，但說晚上較忙，問我們從六點到七點半的一個半鐘是否拍得了？我們回答已足夠。

酒家這種交際場所已漸被夜總會、酒吧、卡拉OK等取代，是老死的行業。當年很紅很漂亮的酒女老的老，嫁人的嫁人，年輕的又不肯幹。我很擔心去到酒家，上來的都是又老又醜的，那就倒胃口了。有個主意，不如先準備幾個漂亮的女友來客串，穿上旗袍當冒牌酒女，不出聲地坐在一旁，服務由老酒女動手，這麼一來誰也看不出真假。

「不必，不必。」酒家經理說：「我們有大把水的。」

台灣語「美」唸為「水」，大把靚女之意。

在約好的時間，我們到了梅花香。地方雖經過多次的粉刷，但還是殘舊；燈飾和牆紙的顏色，非常之俗，但俗得令人喜歡，不是著名室內設計家能創造得出的。

酒家經理笑臉來迎。此人長得又胖又矮，特徵是雙眼珠往上翻，留下的只是眼白，要不是走路靈活，我們還把他當瞎子。他的助手走到我的旁邊細聲解釋：「陳生患有白內障！」

「要怎麼拍呢？」陳經理問：「我認為第一個鏡頭應該擺在這裏，先介紹大廳匆匆忙忙的感覺，服務生走來走去招呼客人，你們認為如何？」

電視台的導演回頭看我，向着我作了一個苦笑的表情，我用台語向陳先生說：「你認為怎樣就怎樣。」

其實，陳經理擺的拍攝角度一點也不錯，是需要這個鏡頭來介紹環境。

「這個鏡頭裏為甚麼沒有酒女？」電視台導演問。

這一問就問出毛病來了，陳經理皺皺眉頭：「酒女要等客人進了房，坐下來後，她們才出現的。要拍的話，一切要按照程序。」

只有依這位新導演的話去做，他的作風，比導演更像導演，侍者們走路節奏一不夠快，酒家大導即刻大喊：「卡、卡、卡！」

好歹把這個鏡頭拍完，NG了十幾次，時間花了不少。酒家大導說：「第二個鏡頭在房間裏拍出來，大把時間慢慢拍！」

「事前說好是一個半鐘，下面外地的拍攝時間已約好，不能遲到。」我向酒家大導說。

大導聽了呆了一呆，說：「這樣呀，不如先來拍我的訪問鏡頭。」

原來這傢伙想出鏡想瘋了，為了避免他堅持依酒家程序一個鏡頭一個鏡頭拍，我下命令：「訪問最後才做。」

這時酒家大導向他的手下發號，做這個，做那個。由一個慢動作的鏡頭變成了快鏡，大家像卡通人物那麼忙得團團亂轉，務必讓我們拍完一切，留時間做訪問。

進來的酒家女不穿旗袍，是鑲珠片的夜禮服，臉上灰水像牆壁的一般厚，大家都嚇得一跳，接着那幾個如果當殭屍片主角，不必化妝。

終於把敬酒、上菜的過程拍完。典型的酒家菜「瓜仔雞鍋」做得很出色，和三十年前吃的沒甚麼兩樣。至於烏魚子，當年是横片的，片出一大塊一大塊來，不像普通人吃的直切，直切只能切成細塊，小裏小氣，不夠豪華。我事先交代要横片，但捧出來時還是切得不夠大。原來生意不好，節省了多年，現在的廚師也不知道我說的是怎麼的一個片法。

「到訪問時間吧？到訪問時間吧？」酒家大導急得像個小孩子。

我知道他說的一定是盤古初開的長篇大論，果然如此，但是我不等他答完我已問下個問題，像烏魚子般地斬件，依時完成了拍攝工作。看誰是最後的酒家大導了。